Wolfgang Röhl

MCE
KRIMI

Das Buch

Ein Autobahnprojekt polarisiert die Menschen im Landstrich zwischen Elbe und Weser. Einige profitieren von der Schnellstraße, andere sehen darin eine Verschandelung der Landschaft und kämpfen in einer Bürgerinitiative gegen die Planung. Als einer der Anführer der Protestler schwerverletzt am Straßenrand gefunden wird, ist das Entsetzen groß.
Der Journalist Bernhard Hamm, der auf seinem Resthof lebt und als Pressechef eines Bremer Reiseunternehmens arbeitet, wird in den Fall verwickelt. Als der angefahrene Mann, den Hamm findet und dessen Leben er rettet, trotz Genesungsfortschritten im Krankenhaus stirbt, fängt Hamm an zu ermitteln und bringt sich selbst in höchste Gefahren. In einer dramatischen Aktion kann er schließlich den Mörder überführen …

Wolfgang Röhl greift nicht nur ein aktuell im Elbe-Weser-Dreieck vieldiskutiertes Thema auf, sondern zeichnet wieder mit Beobachtungsschärfe und ironischem Unterton skurrile Menschen – vom alternativen Ex-Großstädter, den es aufs Land zieht, bis zum korrupten Politiker, der es nur auf seinen eigenen Vorteil abgesehen hat. Spannend erzählt Röhl eine Krimigeschichte, die durchaus so hätte passieren können – wenn er sie nicht erfunden hätte.

Der Autor

Wolfgang Röhl, Jahrgang 1947, veröffentlicht nun nach *Im Norden stürmische Winde* und *Inselkoller* beim MCE Verlag seinen dritten Krimi, in dem wieder der ehemalige Journalist Bernhard Hamm die Hauptrolle spielt. Wie sein Protagonist ist auch Röhl Journalist. In Stade geboren und aufgewachsen, arbeitet er seit 1980 als Autor für das Hamburger Magazin Stern. Zuvor war der Hamburger mit Reetdach-Bauernhaus im Nassen Dreieck zwischen Elbe und Oste als freier Publizist und Redakteur in Hamburg tätig.

Wolfgang Röhl

Straßenkampf

Kriminalroman

Impressum:

(Medien Contor Elbe)
Sietwender Straße 73, D-21706 Drochtersen, Tel. 04143/435
Internet: www.mce-verlag.de, Mail: info@mce-verlag.de
1. Auflage Mai/Juni 2011

Titelentwurf und -foto: digiscreen – Herwig Baak
Druck: CPI – Clausen & Bosse, Leck
ISBN: 978-3-938097-23-6

„Die Wahrheit ist ein kostbares Gut.
Man kann gar nicht sparsam genug damit umgehen."
Ulrich Tukur als Millionenbetrüger
Jürgen Harksen in Dieter Wedels „Gier"

1

Als er ihn endlich auf den Beifahrersitz gehievt und mit dem Anschnallgurt aufrecht sitzend fixiert hatte, lebte der Mann noch. Er stöhnte – erstaunlich leise angesichts der Schmerzen, die er haben musste – und bewegte ab und zu den Kopf. Die Augen waren halb geöffnet, die Pupillen erweitert. Einmal schien es, als wolle er etwas sagen. Aber er brachte kein Wort heraus, nur eine Art Gurgeln.

Hamms Kleidung war über und über blutbefleckt, als spiele er ein Opfer in einem Splatter-Movie. Er zitterte in der Kühle der Nacht, gleichzeitig rann ihm Schweiß den Rücken und die Schläfen herunter. Nicht, dass der Transport des Mannes vom Seitenstreifen ins Auto ihn körperlich überfordert hatte. Der Verletzte war ein kleiner, schmächtiger Mann, kaum größer als einen Meter siebzig, wie Hamm schätzte, der selber nur mittelgroß war, aber kräftig und gut in Form durch die Arbeit, mit der ihn sein Resthof unablässig auf Trab hielt.

Was ihn zittern, beinahe schlottern machte, war vielmehr das Gefühl, keinen Körper, sondern eine gallertartige Masse zu bewegen. Die Arme baumelten schlaff von den Schultern wie dicke Hanfseile. Es war keinerlei Spannung in dem Körper zu fühlen gewesen. Alle möglichen Knochen mussten gebrochen sein. Am linken Oberschenkel war ein Stück durch die Jeans gestoßen und guckte hervor wie ein Menetekel. Der Mann musste wirklich höllische Schmerzen haben.

Hamm ging durch den Kopf, dass es hieß, extremer Stress bewirke einen Ausstoß irgendwelcher körpereigener chemischer Substanzen, die schmerzunempfindlich machten, wenigstens für eine Weile. Eines dieser genialen Programme, die das Überleben des Homo sapiens ermöglichen, selbst unter schlimmsten Konditionen. Hoffentlich wusste der Körper des Verletzten, wie er sich zu verhalten hatte.

Hamm zitterte noch aus einem anderen Grund. Er hatte sich mit dem Transport des Verletzten eine Verantwortung aufgeladen, die ihm immer stärker bewusst wurde. Was, wenn der Mann während der Fahrt in die Kreisstadt starb? Was, wenn sich herausstellte, dass er nie und nimmer hätte bewegt werden dürfen? Dass ihn die Stöße, die von der seit vielen Jahren vernachlässigten, immer nur notdürftig ausgebesserten Fahrbahn stammten und die selbst ein komfortables Auto wie das von Hamm nicht völlig abfedern konnten, letzten Endes umgebracht hatten? Dass das Opfer, so schwer es – von wem auch immer – verletzt worden war, noch leben könnte, wäre nicht ein verdammter Idiot namens Bernhard Hamm auf den Gedanken gekommen, es in diesem prekären Zustand zu transportieren. In einem ganz normalen Auto, statt auf den Krankenwagen zu warten!

Für einen Moment sah sich Hamm zerknirscht vor einer Richterbank stehen, von wo aus man ihn anbellte: „Was haben Sie sich in dieser Situation bloß gedacht, Mann? WAS?!“

Aber wo war die Alternative? Natürlich hatte Hamm, wie im Erste-Hilfe-Kursus gelernt, den Verletzten sofort auf die Seite gelegt, nachdem er ihn mit grotesk verrenkten Gliedern auf dem Seitenstreifen zwischen zwei Begrenzungspfosten liegen gesehen hatte. Er war derart auf die Bremse gestiegen, dass trotz staubtrockener Straße das ABS anschlug. Danach hatte er getan, was alle in seiner Situation getan hätten: er hatte auf dem Handy die 110 gedrückt und gewartet. Auf Profis setzen, nicht selber dilettieren wollen, das machte schließlich den Erfolg einer Industriegesellschaft aus, oder? Alles andere war Dritte Welt, oder Landkommune.

Das Handy schwieg. Er nahm es vom Ohr und sah, dass keine Betreiberkennung auf dem Display stand. Kein Netz! Hamm fiel ein, dass es hier, hinter dem Deich, zwischen der historischen Schwebefähre und der Mündung des Flusses in den großen Strom, auf langen Abschnitten keinen oder nur sehr schwachen Mobilfunk-Empfang gab. Keine der Telefongesellschaften deckte den Bereich wirklich gut ab. Mehr Stationen einzurichten als die bereits existierenden, lohnte sich für die Versorger nicht, zu dünn war die Gegend besiedelt. Hamm fluchte auf die profitgeilen Konzerne, die an jeden schönen alten Kirchturm ihre hässlichen Antennen schraubten, wenn ein Geschäft zu machen war, aber die Bewohner entlegener Landstriche kaltherzig im Tal der Ahnungslosen beließen. Dreckspack!

Was jetzt?

Auf Hilfe warten, die vielleicht zufällig kommen würde? Das konnte Stunden dauern. Hamm kannte die schmale Straße, die parallel zum Fluss viele Kilometer mit ihm mäanderte. An der Straße lagen Bauerhöfe, Reetdachkaten von zumeist älteren Einheimischen und Wochenendhäuser von Städtern. Keine Kneipe, kein Gasthof, nirgends.

Es war jetzt fast ein Uhr früh. Unwahrscheinlich, dass

vor sechs Uhr, wenn auf den Höfen die Arbeit begann und bettflüchtige Zugezogene ihre Joggingrunden begannen, jemand vorbei kommen würde. Hamm war auf sich gestellt. Er musste etwas tun, was schon lange nicht mehr auf den Lehrplänen stand. Eine einsame, schnelle Entscheidung fällen, ohne Zustimmung eines Teams oder Kollektivs, auf das er sich notfalls berufen könnte.

Hamm entschied, den Schwerverletzten ins Krankenhaus der Kreisstadt zu fahren. Es hatte kaum eine Chance, aber er würde sie nutzen.

„Augustinus sagt: wer sich zu sehr bemüht, hinter die Dinge zu sehen, sieht am Ende die Dinge selbst nicht mehr."
Heinz Rühmann als Pater Brown in „Er kann's nicht lassen"

2

„Junger Mann, könnten Sie mal ein Foto von meinen Mann und mir machen? So, dass auch die Olle mit den Fischen drauf ist?" Die Frauenstimme klang quäkend, irgendwie nach Bohnerwachs und Flurgetratsche am Treppenputztag. Gab es das überhaupt noch, Treppenputztag? Hamm saß auf einem Alustuhl unter einem Sonnenschirm des „Speicher-Cafés" am Alten Hafen und war derart in einen Artikel des „Küstenboten" vertieft, dass der Satz einfach an ihm vorbeiwehte.

Als die Quakstimme insistierte, begriff er, dass er gemeint war. „Junger Mann ... könnten Sie ... vielleicht ..." Er sah genervt auf. Ein idealtypisches Bustouristenpaar im schauderhaften beigen Windjacken-Freizeitlook stand vor ihm, eine Digitalkamera präsentierend. Was sie wollten, war ein Foto von ihnen vor der Skulptur, mit der ein eher bescheiden talentierter Sohn der Kreisstadt die Figur der Ilsebill aus dem Grimmschen Märchen vom Fischer und seiner Frau dargestellt hatte.

Die Geißel des sinnfreien, ununterbrochenen Herumknipsens im öffentlichen Raum, am liebsten auch bei Sonne mit eingeschaltetem Blitz, selbst dann blitzend, wenn die Motive kilometerweit entfernt waren, löste bei ihm einen jähen Aggressionsschub aus. „Meinen Sie mich, gute Frau?" fragte er tückisch. „Brauchen Sie eine neue Brille? Dahinten" – er wies in Richtung des hölzernen Replika-Krans, den eine private Trägergemeinschaft aufgestellt hatte – „ist ein Optiker. Der hat auch Gläser für die ganz schweren Fälle." Was er außer der Knipserei nicht ausstehen konnte, war die Marotte älterer Leute, jeden, der ein Jahr jünger als sie aussah, mit „junger Mann" oder „junge Frau" zu titulieren. Was sollte das? Er war Anfang 50. Wie konnte man ihn für einen jungen Mann halten? Er wusste, dass er keineswegs geschmeichelt zu sein brauchte. Er sah nicht wirklich jünger aus als er war. Die Anrede war einzig und allein aus der typischen Unverschämtheit alter Leute geboren, die nicht mehr willens sind, ihren Mitmenschen die geringste Aufmerksamkeit zu schenken.

Einfach drauflos brabbeln, das war ihre Devise. Vielleicht sollte dieses jaunerige „junger Maaahnn" auch eine Art Mitleids- und Hilfsappell darstellen, nach dem Motto „du bist noch jung und stark, ich hingegen, ach, bin sehr alt und schwach." Wie auch immer, Hamm hasste das Geseire. Je älter er selber wurde, desto mehr erbosten ihn die Wehleidigkeit und die Gedankenlosigkeit vieler alter Leute.

Alle waren jetzt alt, wie es schien; alle in diesem vergreisenden Land, und alle fuhren in Bussen pausenlos kreuz und quer durch dieses alte Land und beglotzten es. Und alle kamen irgendwann auch in die alte Kreisstadt mit ihrem berühmten Kern aus Fachwerkhäusern, wo sie herumknipsten, mitgebrachte Stullen mampften, die kopfsteingepflasterten Gassen verstopften und mit ihren scheußlichen Klamotten das Straßenbild verschandelten. Hamm hasste Bustouristen von Herzen. Besonders, wenn sie alt waren. Er hasste sie schon deshalb, weil er in nicht ferner Zukunft selber alt sein würde. Er hatte sich vorgenommen, später keinesfalls in Bussen durch die Gegend zu fahren und Fotos zu machen.

„Komm Robert", rief die Frau empört und zerrte am Arm ihres Gatten. „Wir gehen. Unfreundliche Leute sind das hier." Schon wieder die typische Selbstgerechtigkeit der Alten. Statt sich zu fragen, ob sie selber es waren, die etwas gesagt oder getan hatten, was eine Abfuhr provozieren musste – nichts als Beleidigtheit. Hamm ertappte sich, dass er anfing, alle Alten in Bausch und Bogen zu hassen. Er glaubte den weinerlichen Fernsehberichten nicht mehr, in denen sie immerzu nur als Opfer von Abzockern dargestellt wurden, allein gelassen von ihren Kindern, ausgegrenzt und traurig am Rande der Gesellschaft siechend. Sicher, solche Schicksale gab es, aber viele hatten sie sich selber zuzuschreiben. Das Desinteresse der Alten an anderen Menschen, ihre Egozentrik, ihre Selbstgerechtigkeit und ihre permanent um sich selber kreisenden Geschichten rächten sich irgendwann. So war das Leben. Hamm war froh, dass seine eigenen Eltern ganz anders gewesen waren.

Die beiden beigefarbenen Windjacken verschwanden im Gewimmel anderer beiger Windjacken. Schon waren sie in der Herde nicht mehr auseinander zu halten, wie Zebras aus der Perspektive eines Löwen. Hamm wandte sich mit einem unbestimmten Gefühl der Befriedigung wieder dem Boten zu. Fast die gesamte erste Seite des Lokalteils war einem Verkehrsunfall gewidmet. Ungewöhnlich.

Sicher, das Blatt berichtete regelmäßig über Unfälle. Es mangelte nicht daran, wahrhaftig nicht. Die Region war berüchtigt dafür; sie stemmte sich mit aller Macht gegen den bundesweiten Abwärtstrend bei Unfällen mit Toten oder Schwerverletzten. Kreuze an den Straßenrändern kündeten von Katastrophen. Viele Opfer waren jung gewesen, Fahranfänger mit reichlich Selbstvertrauen und wenig Respekt vor den Gefahren der schmalen, von Bäumen gesäumten Straßen.

Jeden zweiten Tag druckte der Bote Unfallberichte, die mit Fotos von Autowracks illustriert waren. Die Leser verlangten nach solcher Kost. Besonders, wenn in schauerlich zertrümmerten Fahrzeugen – manche hatten sich regelrecht um Straßenbäume gewickelt – Insassen wie durch ein Wunder überlebt hatten. Das kam vor und wurde ausgiebig diskutiert. Unfälle waren wie das Wetter. Immer ein Thema.

Aber dieser Aufmacher im Boten – „Fahrerflucht? Mysteriöser Unfall am Deich" – konnte nicht mit dem Foto eines bizarren Schrotthaufens punkten. Stattdessen zeigte ein über drei Spalten gezogenes Bild einen idyllischen Deichweg, auf dem nicht einmal Trümmer lagen. „Auf der Landstraße zwischen Bargwisch und Söderfleth in Höhe von Schöpfwerk vier wurde gestern gegen ein Uhr früh ein Schwerverletzter gefunden", lautete die Bildunterschrift.

Der Bericht der Zeitung walzte die offizielle Darstellung der Polizei aus: ein Mann aus der Umgebung von Söderfleth habe auf der Fahrt zu seinem Haus das Opfer gefunden, aber wegen der bekannten Funklöcher in der Region zunächst keine Hilfe herbei telefonieren können. Er habe den Verletzten, einen Clemens W., dann in seinem „Privat-PKW" – sie druckten das hölzerne Beamtenwelsch wörtlich ab – über die nahe Bundesstraße in Richtung Kreisstadt „verbracht". Während der Fahrt habe der Retter dann die Polizei per Handy erreichen können.

20 Kilometer vor der Stadt sei er von einem sofort alarmierten Rettungswagen gestoppt worden, in dem das Opfer notversorgt und zum Kreiskrankenhaus transportiert wurde. Dessen Zustand sei „stabil", wiewohl

noch immer „kritisch". Die Polizei ermittle „in alle Richtungen". Es sei noch unklar, ob Clemens W. angefahren wurde oder ob ihm seine sehr schweren Verletzungen „anderweitig beigebracht" wurden. Ein Anfangsverdacht, dass der Mann, der das Opfer in Richtung Krankenhaus gefahren hatte, selber der Unfallverursacher war, habe noch in der Nacht ausgeräumt werden können, da dessen Wagen keinerlei Spuren eines Aufpralls aufwies.

Hamm seufzte. Ja, sie hatten ihn in die Mangel genommen. Nach dem Verladen des Verletzten in den Rettungswagen musste er einem Polizeiauto, das auch vor Ort war, zur Hauptstation der Stadtpolizei folgen. Dort machten sich Streifenbeamten sofort über seinen Wagen – „Privat-PKW" – her, während er in der Wache vernommen wurde. Ob er das Opfer kenne? Nein, nie gesehen. Was er so spät noch am Deich gemacht habe? Ganz einfach, er sei von der Arbeit aus Bremen gekommen. Stirnrunzeln. Aus Bremen? Von der Arbeit? Die müsse dann ja erst um halb zwölf Uhr nachts geendet haben? Hamm verkniff sich billiges Beamten-Bashing von der Art, dass man in der freien Wirtschaft eben manchmal lange ackern müsse. Man könne seine Angaben leicht nachprüfen, er sei bis zum Schluss mit Kollegen zusammen gewesen. Warum er zu seinem Haus nicht den Weg über die Kreisstraße genommen habe, der Deichweg sei doch schmal und kurvenreich? Oh, sie waren nicht schlecht, diese Provinz-Sheriffs! Hatten sofort ermittelt, wo sein Haus lag und scharf auf die Karte geschaut.

„Der Deichweg ist für mich eine Abkürzung", hatte er erklärt. „Aber nur nachts, wenn einem keiner entgegenkommt."

Schließlich war einer von denen, die sein Auto nach Beulen oder Kratzern oder Blutspuren abgesucht hatten, in die Tür getreten und hatte wortlos den Kopf geschüttelt. Fünf Minuten später wurde Hamm mitgeteilt, er dürfe nach Hause fahren, müsse allerdings vorher den Beamten noch jene Stelle am Deich zeigen, wo er den Verletzten gefunden hatte.

Sie fuhren im Konvoi. Als sie den Deichweg erreichten, hatte er keine Mühe, die Stelle zu finden. Fluss und Deich knickten an dieser Stelle scharf nach Osten ab. Teufelsbucht nannten die Einheimischen die Stelle, weil die Strömung auf dem Fluss starke Wirbel entstehen ließ, die Booten mit schwachen Motoren das Manövrieren schwer machte. Die Beamten stiegen aus ihrem Fahrzeug. Hamm zeigte ihnen die Stelle. Sie begannen, die Umgebung mit starken Stablampen auszuleuchten und abzusuchen. Aber da war nichts. Keine Glasscherben, keine Lacksplitter, kein abgerissener Außenspiegel. Blut, ja. Sie nahmen Proben. Bremsspuren gab es nicht.

Einmal fischte der jüngere der beiden Polizisten etwas aus dem Gras. Hamm trat näher. Es war ein zerknitterter Fahrschein mit einer metallisch glänzenden Leiste an einer Seite für den Metronom-Doppeldeckerzug. Der Beamte strich ihn glatt.

„Nur ein Ticket", sagte er. „Kann praktisch jeder hier weggeschmissen haben." Hamm warf einen Blick auf den Aufdruck. Von der Kreisstadt nach Hechthausen, einfache Fahrt, 1. Klasse, Datum von gestern. Trug nicht gerade zur Wahrheitsfindung bei. Der konnte von jedem stammen, der hier durchgefahren war. Er murmelte etwas, hob die Hand in Richtung der Polizisten und ging zu seinem Wagen.

Langsam wurde es hell. Auf dem Beifahrersitz bemerkte er Blutflecken. Er würde ihre Beseitigung seiner Werkstatt überlassen. Was hatte der Mann, den er vielleicht gerettet hatte, sagen wollen, während Hamm – vorsichtig wie bei Glatteis, um jeden unnötigen Stoß zu vermeiden – durch die Nacht zum Krankenhaus fuhr? Rahb? Schaab? Der Verletzte hatte immer wieder einen Laut mit langem Vokal herausgepresst. Ein Namensfragment? Oder war das nur ein Stöhnen gewesen?

Es war vier Uhr früh geworden, als er heimkehrte. Er war so erschöpft gewesen, dass er seiner Katze wortlos das Futter hingestellt hatte, ohne sie wie üblich ausgiebig durchzukraulen. Aber Susi tat so ausgehungert, dass sie sich ohnehin für nichts anderes als Nahrungsaufnahme interessierte.

*

Er legte die Zeitung beiseite und bestellte noch einen Milchkaffee. Sie machten einen guten Milchkaffee in der Kreisstadt. Das Zeug schmeckte besser als bei Starbucks in Hamburg, war noch dazu deutlich billiger. Er blinzelte in die Sonne, schaute wieder auf die Zeitung und wunderte sich plötzlich. Warum brachte der Bote den Unfall, oder was immer da am Deich geschehen war, so groß? Warum überhaupt? Sie hatten, erstens, kein Horrorfoto, das zu einem saftigen Unfallbericht gehörte wie das Palästinensertuch zur Soziologiestudentin. Und es bestand, zweitens, gar kein Grund, über den Unfall zu berichten. Er war im Nachbarkreis passiert, somit im Beritt vom „Tageblatt". Die beiden Lokalblätter in den aneinandergrenzenden Landkreisen beschränkten sich, um keine unnötige Konkurrenz zu befördern, auf ihre angestammten Verbreitungsgebiete. Söderfleth gehörte definitiv nicht zum Beritt des Küstenboten.

Hatten sie das Stück aus blanker Verzweifelung

gedruckt, weil am Vortag nichts, aber auch gar nichts im eigenen Kreis passiert war? Schwerlich. Irgendeine Veranstaltung oder ein Jubiläum, auf denen ein paar wichtigtuerische Vereinsmeier sich selber belobhudelten, lief auf dem Land immer. Notfalls hätten die Boten-Redakteure eine Betrachtung über das Für und Wider neuer Deichschaf-Rassen oder einen Bericht über eine Initiative zur Rettung eines alten Leuchtturms aus dem Stehsatz befreien können.

Die Sache war ihm ein Rätsel.

Wie aufs Stichwort tatschte ihm jemand von hinten freundschaftlich aufs Schulterblatt.

„Bernhard, alter Junge! Long time no see! Was treibt dich aus deiner räucherigen Kate in unsere Großstadt?"

Hamm drehte den Kopf und blickte auf, hatte die Stimme jedoch bereits zugeordnet. Sie gehörte Kurt Gillmann, dem leutseligen Chefredakteur des „Küstenboten". Er war fülliger geworden, wie es schien. Hamm hatte mit ihm vor Jahren zu tun gehabt, als es beim Streit um die Aufstellung riesiger Windparks zu mysteriösen Vorfällen gekommen war. Gillmann hatte ihm damals geholfen, einem Typen auf die Schliche zu kommen, der im Auftrag der Windkraftindustrie mit allerlei schmutzigen Tricks gegen Windrad-Gegner gearbeitet hatte. Ganz abgerissen war der Kontakt nie. Gillmann hatte Hamm in seiner Porträt-Serie „Köpfe der Region" vorgestellt, die er jede Woche verfasste. Anlass des Porträts war der frische Wind, den Hamms Firma, der Bremer Reiseveranstalter Transwelt, dem lange brach gelegenen Regionalflugplatz MoorPort eingehaucht hatte.

Die Idee, Touristenflüge direkt von und nach MoorPort zu führen und so neue Reisekunden im ländlichen Raum zu gewinnen, stammte von Hamm, was Gillmann auch gebührend herausgestellt hatte. Hamm hatte es dank des Artikels zu einer gewissen Lokalprominenz gebracht, die erstaunlicherweise anhielt. Jedenfalls bekam er seither Einladungen zu Veranstaltungen mit Politikern und Unternehmern, auf denen es um die regionale Wirtschaftsförderung ging, ein immergrünes Thema in der strukturschwachen Gegend.

Natürlich ging er nie hin.

„Kurt!", rief Hamm ehrlich erfreut. Er schätzte den alten Schluckspecht. Trotz vielerlei Rücksichten, die er in seiner Zeitung auf alle möglichen Interessen nehmen musste, und bei allem Herumeiern und Lavieren war er als Typ doch eine angenehme, ehrliche Haut.

„Ich darf mich einen Moment zu Dir setzen", stellte der Redakteur fest. „Habe einen irren Brand. Gestern Abend…, oh je. Die Reiterliche Vereinigung gab ihr Sommerfest. Reiter saufen noch mehr als ihre Gäule, war mein Eindruck."

„Und du musstest dabei pflichtgemäß mithalten", stellte Hamm fest. „Immer im Dienst, oder?"

„Repräsentieren, mein Lieber, repräsentieren ist alles. Die Honneurs machen, den Grüßaugust geben. Im Reiterclub sind so gut wie alle, die für unser Anzeigengeschäft wichtig sind. Die Großbauern mit ihren Hofläden, die gehobenen Gastronomen, die Einzelhändler, die Baumarktheinis, die Obstbauern von der Genossenschaft, die Landmaschinenhändler… – Maikemäuschen", mit Handbewegungen schaufelte er die Bedienung zu sich heran, eine dralle Brünette mit beachtlicher Oberweite, welche die darüber festgezurrte Bluse fast bersten ließ, „mach mir doch bitte ein Alsterwasser. Ein großes. Grazie!"

Maike warf ihm ein zauberhaftes Lächeln zu, halb

treudoof, halb durchtrieben, und schob in Richtung Lokal ab. Gillmann war zwar nicht gerade ein Adonis mit seiner Wampe und der Halbglatze, die sich ausbreitete wie die Sahara in der Sahel-Zone. Sein Gesicht wirkte teigig und abgegriffen, gezeichnet vom Reiter-Kampftrinken. Er hätte ohne weiteres Maikes nicht besonders gut erhaltener Papa sein können. Doch als Chef des Küstenboten würden ihm Mädchen wie Maike zu Füßen knien, wenn er es nur wollte. Schließlich veranstaltete er in Zusammenarbeit mit der Disco „Royal Flash" so genannte Showtalent-Wettbewerbe nach dem Muster „Deutschland sucht den Superstar", bei denen er auch in der Jury saß.

Er schaute Hamm verschmitzt an. „Ich habe jetzt spitz gekriegt, dass es gar nichts bringt, nach einer Sauferei am nächsten Tag nur Mineralwasser zu trinken. Klar, man muss Wasser trinken, sogar viel, aber etwas Alk muss auch dabei sein, verstehst du. Damit der Pegel nicht auf einen Schlag brutal absackt."

„Stimmt schon, kein Alkohol ist auch keine Lösung", bemerkte Hamm

„Wahrer Spruch", krähte Gillmann. „Von den Toten Hosen, wenn ich nicht irre. Aus ihrer Anfangszeit, als sie noch gut waren. Heute…" Maike kam mit dem Alsterwasser angeflogen. Er nahm einen tiefen Zug aus dem Glas und hatte bereits vergessen, was „heute" war. Hamm nutzte die Gelegenheit, um auf ein wichtigeres Thema zu kommen.

„Hab gerade diese Unfallgeschichte in deinem Weltblatt gelesen. Sag mal, warum bringt ihr die so groß? Warum überhaupt? Ist doch drüben passiert, in Söderfleth. Da lesen sie doch das Tageblatt, oder?

Die leichte Alkoholzufuhr schien Gillmann zu bekommen. Er wirkte erfrischt, als er das Glas absetzte. Sein Gesicht nahm eine gesündere Farbe an. Sein Grinsen verströmte tiefe Selbstzufriedenheit.

„Aus der Story stricke ich einen Fortsetzungsroman. Und den wird die ganze verdammte Gegend verschlingen. Folge eins hast du dir gerade rein gezogen."

„Wie jetzt, Fortsetzungsroman? Was soll an einem Unfall so spannend sein?"

„Das Opfer, Bernhard. Das Opfer! Clemens Waschnewski ist ein ziemlich bekannter Mann, bei vielen hier in der Gegend. Und auch ein ziemlich unbeliebter, bei einigen. Dass ausgerechnet der bei Nacht und Nebel fast tot gefahren wird, kann einen schon ins Grübeln bringen..."

„Verstehe nur Bahnhof. Wenn der Typ hier so was eine öffentliche Figur ist, dann ist diese Tatsache jedenfalls an mir vorbei gerauscht. Wenn er aber nun mal eine solche Figur ist, warum hast du davon nichts in dem Artikel erwähnt?"

„Letzter Punkt zuerst: ich eröffne meine lockerere Artikelserie bewusst ganz harmlos. Was weiß ich denn, was da am Deich passiert ist? Nada. Aber morgen gibt's Neuigkeiten im Boten! Ich meine, irgendwas wird die Polizei schon raus gefunden haben, was wir aufblasen können. Spuren am Unfallort, die Art der Verletzungen, wird das Opfer durchkommen? So in der Art. Und dann, was deine erste Frage betrifft, wir drucken auch den vollen Namen des Opfers. Plus seine Eigenschaft als oberunbequemer BI-Querulant. Da werden wohl einige Leute nicht umhin können, sich einen Reim drauf zu machen. Und übermorgen oder überübermorgen geht's weiter im Text." Er gackerte voller Vorfreude. „Die Auflage wird durch die Decke gehen. Vorausgesetzt..."

Ja, da lag natürlich noch eine gewisse Unwägbarkeit.

Würden die Ermittlungen letztlich ergeben, dass jemand den Mann vorsätzlich umgefahren hatte? Dass er ihn womöglich gar umbringen wollte? Und, falls ja, würde auch klar werden, wer dieser Jemand war? Oder würde alles im Sande verlaufen, beziehungsweise im Moor versacken, wie so viele Geheimnisse der dunklen Marschlandschaft?

Gillmann erklärte Hamm, was es mit Waschnewski auf sich hatte. Er war Mitte Fünfzig, Galerist, Kunsthändler und Herausgeber einer Buch-Edition, die auf Malerei aus dem Norden spezialisiert war, malte wohl auch selber ein bisschen. In seinem idyllisch inmitten von Wiesen und Feldern gelegenen Bauernhaus, das Waschnewskis Familie seit zwei Jahrhunderten gehörte, veranstaltete er Malkurse und Seminare, die sich vor allem bei kunst- und landsinnigen Damen aus Bremen und Hamburg großer Beliebtheit erfreuten. Alles in allem kam er damit gut über die Runden. Und das hätte so bleiben können bis ans Ende seiner Tage.

„Aber jetzt droht ihm die Autobahn", sagte Gillmann. „Sie würde 500 Meter neben seinem Haus vorbei laufen, wenn sie so gebaut wird, wie es Planungen für die Variante 2 vorsehen. Das heißt, wenn sie überhaupt gebaut wird, was durchaus nicht sicher ist. Wird sie gebaut, ist sie das Aus für Waschnewski. Er könnte seine Bude dichtmachen. Aus der Traum vom gemütlichen Leben, frischer Luft und himmlischer Ruhe. Stattdessen donnern dann direkt vor seiner Nase die Brummis aus halb Europa vorbei. Die Autobahn soll das letzte Verbindungsstück einer durchgängigen europäischen Ost-West-Verbindung werden."

„Entzückend", brummte Hamm. Ja, er hatte von den Planungen gelesen. Die Geschäftsleute in der Region trommelten seit längerem für die Autobahn. Speziell ihre Lobby, die Industrie- und Handelskammer. Aber es gab auch wachsenden Widerstand. Der war schwerlich zu übersehen. In den Dörfern und vor den Häusern, die von der Autobahn tangiert würden, standen blaue Schilder mit der trotzigen Aufschrift „A 17 – hier nicht!" Der Streit um die Autobahn hatte an Schärfe zugenommen, je konkreter die Planungen geworden waren.

Hamm selber hatte sich dafür nie sonderlich interessiert. Sein Resthof lag weder im Einzugsbereich der Planungsvariante 2 noch in dem der Variante 1, nach welcher die Autobahnachse etwas nördlicher verlaufen würde. Für Hamm würde durch die neue Autobahn seine Anfahrtszeit zum Bremer Büro erheblich kürzer werden. Doch das war Zukunftsmusik. Ob er noch bei Transwelt arbeiten würde, wenn die A 17 fertig war, stand in den Sternen; ebenso, ob er dann nicht längst Rentner sein würde. Hier im Norden dauerte es von den ersten Überlegungen für eine Autobahn bis zur Verkehrsfreigabe manchmal mehr als 40 Jahre.

Waschnewski, erzählte der Redakteur, war durch die Bedrohung zu großer Form aufgelaufen. Sonst eher ein geschmeidiger, verbindlicher Charmeur im ländlichen Kulturbetrieb, war er in wenigen Jahren zum Chefagitator gegen die A 17 mutiert. Hatte organisiert und konspiriert; Dörfer, Gehöfte und Einzelhäuser besucht und die Bewohner zu einer Bürgerinitiative zusammen geschweißt. Er hatte die Website „A 17 – nein danke!" ins Netz gestellt, auf der sich künftige und bereits jetzt von der Autobahn Geschädigte – Immobilien entlang der geplanten Trasse waren praktisch unverkäuflich geworden – austauschten.

Und er hatte sich schlau gemacht. Verdammt schlau

gemacht. Er kannte die Habitate seltener Tiere, durch welche die Autobahn schneiden würde; er wusste, wo die ökologischen Schwachstellen der Planung lagen, welche Feuchtgebiete betroffen wären, welche Vogelzüge gestört würden, welche langwierigen Umweltverträglichkeitsprüfungen angemahnt werden konnten. Er hatte die Umweltverbände, die ein Mandat für solche Fragen besaßen, in seinen Kreuzzug eingebunden und organisierte unablässig Veranstaltungen, auf denen hochkarätige Experten den Bau der A 17 mit den unterschiedlichsten Argumenten angriffen.

Neben den ökologischen Schäden ging es um den wirtschaftlichen Nutzen der Autobahn, den Waschnewskis Zeugen rundweg bestritten. Nein, die Autobahn werde keineswegs zur Firmenansiedelung in der Region führen und Arbeitsplätze schaffen. Sie sei eine reine Transitstrecke zum Nutzen der Polen, Skandinavier, Holländer und Belgier. Für die Einheimischen bleibe nur Lärm, Gestank, Landschaftsverbrauch und eine höhere Kriminalität durch reisende Banden.

„Bei der Industrie- und Handelskammer kriegen sie Eiterpickel, wenn der Name Waschnewski fällt", grinste Gillmann. „Der Typ kostet sie ein Vermögen. Für jede Anti-Autobahn-Veranstaltung, die er auf die Beine stellt, muss die IHK eine Pro-Veranstaltung organisieren. Das Thema ist jetzt derart politisiert, dass es den Parteien langsam mulmig wird. Die großen drei sind prinzipiell für die Autobahn. Aber nächstes Jahr haben wir Landtags- und Kommunalwahlen. Jetzt will kaum einer der Großkopfeten sich öffentlich als Fan der A 17 outen."

Durch Waschnewskis Umtriebe drohte dem Autobahnprojekt eine erhebliche Verzögerung, wenn nicht das Aus. Wusste man, wie der Bund sich in ein, zwei Jahren zur A 17 stellen würde? Sie besaß keinen Vorrang im Bedarfsplan der Bundesfernstraßen. Wenn dem Bund bei der nächsten Wirtschaftskrise endgültig das Geld ausging, konnte das ganze Projekt ruckzuck in der Tonne landen. Deshalb war es für die Befürworter wichtig, dass endlich mit dem Bau begonnen wurde. Unumkehrbare Fakten sollten geschaffen werden.

„Aber du willst doch nicht sagen, dass ein IHK-Agent mit der Lizenz zum Töten diesen Waschnewski übergemangelt hat", sagte Hamm.

Gillmann wiegte geheimnistuerisch den Kopf.

„Von Verschwörungstheorien halte ich mich prinzipiell fern. Die Brüder vom IHK-Vorstand kenne ich. Das sind kleine Spießer, die es nicht mal wagen würden, bei Rot über die Ampel zu fahren. Nee, die bringen keinen um die Ecke. Aber es gibt in dieser wunderbar platten Gegend ein paar Leute, denen ich ein paar nicht so wunderbare Sachen zutrauen würde..." Ein aufgesetzt-wissendes Lächeln rundete seinen kryptischen Vortrag ab. „... Leute mit bestimmten Interessen, verstehst du..."

Hamm verstand nichts. Es war ihm auch egal. Vage Verdächtigungen, dubiose Andeutungen und dunkles Gemurmel waren ihm nur zu vertraut. In Ohlsens Gasthof bei Söderfleth, wo er gelegentlich ein paar Biere vertilgte, ging es den ganzen Abend nur um solche Gerüchte. Wessen Scheune „warm" abgebrochen wurde und durch wen, wessen Eheweib unter welchem Kurierfahrer zu liegen pflegte, wessen Grundstück von wem benötigt wurde, um darauf monströse Windräder zu stellen – Ratsch und Tratsch gab es auf dem Land immer im Überfluss.

Sie lesen niemals Bücher, dachte Hamm. Brauchen sie gar nicht. Ihre Romane sind das wahre Leben.

Er wünschte Gillmann viel Glück und machte dem kellnernden Busenwunder das internationale Bezahlen-Zeichen – fiktiver Zettel in der Linken, auf den die Rechte etwas kritzelt. „Ich muss heim“, sagte er. „Ab Montag bin ich auf Dienstreise, und den Sonntag brauch' ich für Vorbereitung und Kofferpacken.“

„Wo geht's hin?“

„Nach Ägypten.“

„Glückspilz!“

„Wenn du wüsstest …“

„Der Kopf ist rund, damit das Denken seine Richtung ändern kann."
Volksweisheit

3

Aus zehntausend Meter Höhe sah die Wüste aus wie auf der Landkarte in Dierckes Weltatlas, eine monochrome, monotone hellbraune Fläche mit dunkleren Flecken, welche die Bergketten bezeichneten. Hamm saß in der hintersten Reihe des Ferienfliegers am Fenster. Der Platz neben ihm war frei geblieben, wofür seine Assistentin Petra bei der Buchung gesorgt hatte. Der Flug über die Ägäis, das Nildelta und die Wüsteneien längs des Nils nach Marsa Alam dauerte ab München gut vier Stunden. Zeit genug, um ein paar Hausaufgaben zu machen.

Offiziell sollte er einen Phantasiepreis für vorbildlichen Umweltschutz im Hotelsektor, der Hamms Boss in einer Bierlaune eingefallen war, feierlich den Betreibern des „Residence Royal" überreichen. Solche Micky Mouse-Auszeichnungen waren bei den Hoteliers beliebt, seit auch der Tourismus modisch begrünt wurde. Energieeffiziente Entsalzungsanlagen, sparsame Bewässerung der Gärten mit Brauchwasser, Funzeln im Außenbereich oder Schlüsselkartenschalter in den Hotelzimmern, welche die Stromversorgung bei Abwesenheit der Gäste unterbrachen, wurden in den Katalogen als kraftvolle Guttaten herausgestrichen. Ebenso die Mülltrennung durch bis zu fünf verschiedene Tonnen und die faire, weil artgerechte Haltung hoteleigener Esel und Dromedare, auf denen die Gäste zu Exkursionen in die Wüste ausritten.

Es waren die Gäste selbst, die nach derlei Schnickschnack verlangten, um ihr schlechtes Gewissen über die vermeintlich umweltfeindliche Flugreise zu beruhigen, die sie spaßeshalber unternommen hatten. Dass der mächtige Dieselgenerator des Hotels ohnehin viel mehr Strom produzierte, als gebraucht wurde – die Sparfunzeln somit sinnlos waren –, und dass der Müll zwar getrennt eingesammelt wurde, hernach aber auf einer einzigen Müllkippe wiedervereinigt wurde, weil es im Umkreis von 1000 Kilometern gar keine Möglichkeiten zum Recycling gab – wen interessierte das?

Der schöne Schein zählte, nicht die Wirklichkeit.

Zur Preisverleihung am nächsten Abend würden ein Vertreter des ägyptischen Tourismusministeriums aus Kairo und ein Redakteur eines deutschen Umweltmagazins aus München einfliegen. Letzterer schrieb an einer Geschichte über „grünen Tourismus“, und Hamm hatte ihn eingeladen, das Paradehotel zu begutachten. Es gab kein Risiko dabei. Schlimmstenfalls konnte der Umweltheini irgendwas Ironisches ablassen. Aber das Hotel in den Dreck zu ziehen, war unmöglich. Es erfüllte sämtliche von der Ökoszene selbst gesetzte Standards.

Hamm tat einiges, um Transwelt als ökologisch verantwortungsvollen Veranstalter zu positionieren. Für seinen Chef Robert van Dijk war das eine Imagepflege, die sich schon mittelfristig auszahlen würde. „Auch unsere Branche muss sich die Schmuckfarbe Grün zulegen“, predigte er seinen Abteilungsleitern immer wieder. „Wer das nicht tut, wie der eine oder andere von unseren Mitbewerbern, den bestraft der Markt. Und zwar schrecklich!“

Als Privatperson war van Dijk eher ein Zyniker, der an sanften Tourismus ebenso fest glaubte wie an die jungfräuliche Empfängnis. „Wer die Umwelt schützen will, macht Ferien auf dem Balkon", hatte er mal zu Hamm gesagt. „Oder besser noch, er springt von demselben runter. Tote produzieren kein CO_2, verbrauchen keine unersetzlichen Ressourcen und verhalten sich daher hundertprozentig klimaneutral."

Das Dumme war, dass van Dijk seine Ansichten auch auf Branchentreffen freimütig zum Besten gab, manchmal sogar im Beisein von Journalisten. Damit, fürchtete Hamm, würde er irgendwann mal heftig auf dem Hintern landen. Und Hamm hätte dann die undankbare Aufgabe, Schadensbegrenzung zu betreiben.

Als sie Kairo überflogen, war kein Wölkchen am Himmel. Ägypten mochte als Reiseland in mancherlei Hinsicht prekär sein. Doch am Wetter konnte keiner mäkeln. Kurz nach zwölf Uhr setzte die Boeing 737 der Air Berlin auf einer frisch asphaltierten Rollbahn in der Mitte von nirgendwo auf.

Bis vor ein paar Jahren war Marsa Alam nichts weiter gewesen als der Name eines Drecknestes am Roten Meer, fünf oder sechs Autostunden südlich von Hurghada. Dann hatten dort die ersten Hotels eröffnet. Kleine Absteigen für Taucher, überwiegend von Ausländern gemanagt. Den Taucherherbergen waren Hotelketten gefolgt, die riesenhafte, luxuriöse Ferienanlagen an die Küste geklotzt hatten. Jetzt wurde das ganze touristische Entwicklungsgebiet, ein 100 Kilometer langer Streifen am Meer, Marsa Alam genannt, ebenso der Flugplatz in der Wüste. Es hatte sich zu einem Begriff in der Reiseindustrie gemausert.

Im winzigen Flugplatzgebäude brach Chaos aus, als die 180 Urlauber aus Deutschland hineinströmten. Aber das betraf Hamm nicht. Er wurde schon am Eingang von einer englischen PR-Lady des Residence namens Helen abgefangen und kurzerhand an den Pass- und Zollkontrollen vorbei geleitet. Die Firma, die das Residence gebaut hatte, war auch die Flugplatzbetreiberin, erfuhr der erstaunte Hamm. Wie praktisch! „Ich lasse Ihren Koffer später ins Hotel bringen“, sagte Helen, „geben Sie mir bitte Ihren Gepäckabschnitt.“ Alles bestens organisiert, wie es schien. Professionals at work.

Warum zum Teufel lief das Hotel dennoch miserabel?

Er fragte Helen während der Fahrt nach der aktuellen Gäste-Auslastung. Sie machte gar nicht erst den Versuch, die Lage zu beschönigen. Von den 800 Zimmern und Suiten waren nicht mehr als zehn Prozent belegt. Das gigantomanische Ferienprojekt auf 200 000 Quadratmeter Fläche mit einer riesigen Poollandschaft, diversen Yachthäfen, Kongresszentrum und Shoppingmeilen hatte von Anfang an auf die falsche Klientel gesetzt. Sein Finanzier, ein Scheich aus Oman, besaß viel Geld, aber keine Erfahrung im Touristikgeschäft. Für die Schönen und die Reichen dieser Welt war der Platz zwischen Wüste und Meer viel zu öde, die Flugverbindungen zu sporadisch. Gerade eben war – bereits zum zweiten Mal – die Hotelbetreibergesellschaft ausgewechselt worden.

Nun sollte ein radikaler Schnitt erfolgen. Statt vergeblich dem Jetset aus New York, Paris und Dubai hinterher zu hecheln, wollte man künftig mit Wasser kochen. Angepeilt war jetzt die obere Liga europäischer Pauschalurlauber, die zu einem vernünftigen Preis ein äußerst gediegenes Ambiente geboten bekam, dazu eine noch heile, phantastische Unterwasserwelt. Das Residence würde am einzelnen Gast weniger verdienen, aber durch die Masse der Gäste endlich rentabel arbeiten können, erklärte Helen.

„Gut zu wissen“, sagte Hamm. „Deshalb bin ich hier“.

Sie brauchten nur eine Viertelstunde vom Flugplatz bis zum Hotel. Helen machte eine Führung. Wegen der Dimensionen der Anlage fuhren sie einige Strecken in einem Golfcart. Hamm war beeindruckt. Marmor, Sandstein und Edelholz waren in gewaltigen Mengen verbaut worden. Lobby und Gesellschaftsräume besaßen palastartige Ausmaße. Selbst die Standardzimmer waren größer als irgendwo anders. Die Suiten erstreckten sich auf bis zu 300 Quadratmeter. Sie waren für reiche arabische Großfamilien gedacht gewesen, aber diese Kundschaft war ausgeblieben.

„Wir werden die Suiten zurückbauen", sagte Helen. „Sie sind in einer untergebracht. Seien Sie der letzte Genießer des Luxus aus Tausendundeinernacht."

Hamm staunte. „Zwei Flachbildfernseher! Drei Toiletten! Die Qual der Wahl."

Abends saßen er, Helen, ein Manager der neuen Betreibergesellschaft und der Hoteldirektor in einem Konferenzraum zusammen und klopften Preise, Konditionen, Gästekontingente und Saisonzuschläge ab. Es war ein Vorgespräch. Den endgültigen Deal würde ein Einkäufer von Transwelt abschließen. Das Gespräch war offen und angenehm. Hamm hatte den Eindruck, mit vernünftigen Leuten zu reden. Als sie anschließend auf einen Drink zur Poolbar gingen, schlug ihnen schon von fern trunkener Lärm entgegen.

„Russen?", fragte Hamm.

Helen verneinte. „Wir haben derzeit keine Russen im Haus. Das da sind Landsleute von Ihnen. Teilnehmer einer Tagung oder so etwas."

„Tagung? Macht eher den Eindruck, als seien die Jungs vom Ballermann angerückt."

Die Truppe, die am Bar-Tresen stand oder sich in den schicken italienischen Korbstühlen lümmelte, sprach in der Tat deutsch. Sogar mit norddeutschem Akzent, wie Hamm sofort heraushörte. Die Truppe bestand ausschließlich aus Männern zwischen 40 und 60 Jahren, war breit wie die Elbe bei Cuxhaven und tat sich keinerlei Zwang an. Da Hamm und die anderen englisch miteinander sprachen, schieden sie wohl für die Saufnasentruppe als Mithörer aus.

„Tolle Idee mit diesem Nobelschuppen, Hein", lallte ein korpulenter Fast-Glatzkopf, der aussah wie Heinz Ehrhardt in seinen besten Tagen. „So machen Informationsreisen Freude! Wann bilden wir denn die..." – er prustete los und konnte sich vor Lachen kaum noch einkriegen – „... Arbeitsgruppen?"

„Morgen ist erst mal Wettreiten durch die Wüste angesagt", rief der mit Hein Angesprochene in die Runde. „Wer als erster von der Schaukelei das Kotzen kriegt, vom Kamel fällt und mit dem Arsch im Kaktus landet, hat gewonnen."

Johlen.

Idiot, dachte Hamm. In Ägypten gibt es keine Kakteen.

Hein Nachnamenlos war ein bulliger, aber an keiner Stelle dicker Mann um die Fünfzig mit kurzen blonden Haaren und kräftigen, stark behaarten Armen. Ein Grübchen zierte sein markantes Kinn. Eine klobige Uhr mit Gummiarmband wies ihn als Sporttaucher aus. Hamm kannte diese Art von Uhren. Er war selber öfter getaucht und besaß die Open Water-Lizenz. Es war die geringste der Zertifikate des Taucherverbandes PADI, aber er konnte sich damit Tauchergruppen anschließen und offiziell bis zu dreißig Meter in die Tiefe gehen.

Wer hier nicht taucht, ist selber schuld, dachte Hamm.

Das Rote Meer gehörte zu den schönsten Tauchrevieren der Welt. Und in Marsa Alam gab es noch keinen massenhaften Unterwassertourismus. Leider hatte er keine Zeit, seinem Hobby an diesem Ort nachzugehen.

„Nach dem Ritt hören wir ein kurzes Referat mit dem Titel: Von den Handelsrouten der Beduinen bis zur modernen Just-in-time-Logistik. Anschließend suchen wir ein gut gefülltes Wasserloch auf…"

Pfiffe, Beifall. Jeder verstand, was für eine Art Wasserloch das sein würde. Es musste sich, überlegte Hamm, um eine dieser Pseudo-Informationsreisen handeln, auf denen politische oder wirtschaftliche Entscheidungsträger zum Beispiel von Pharmafirmen an exotische Orte geflogen und in Luxushotels abgefüttert und abgefüllt wurden, bis sie kurz vorm Platzen waren.

Damit die Vergnügungstrips einen offiziellen Anstrich bekamen und die Firmen sie von der Steuer absetzen konnten, wurde auch schon mal ein Stündchen pro forma gearbeitet. Irgendein Vortrag gehalten, eine Powerpoint-Präsentation gemacht. Aber das war nicht der Zweck der Übung. Der Zweck trug einen einzigen, hässlichen Namen: Bestechung. Netter konnte man ihn Geneigtmachen nennen.

Dieser Hein schien ein idealer Rottenführer zu sein. Der Launebär strahlte eine bullige Kumpelhaftigkeit aus. Sowie ein Talent zum Mitreißen, egal wohin. Früher hätte er eine Truppe von Kongosöldnern kommandieren können, die eine Blutspur durch den Dschungel rissen. Beim Feiern besaß er bestimmt ein stählernes Durchhaltevermögen. Hamm kannte einen Unternehmer aus der Reisebranche, der auf Messen stets bis zum frühen Morgen mit Geschäftspartnern Witze riss und ohne Ende becherte, ohne je wirklich betrunken zu werden. Der Mann war allerdings durchaus eine janusköpfige Figur. Wer sich von ihm nicht vereinnahmen ließ, konnte sich auf was gefasst machen.

Hamm schätzte Hein Sowieso spontan genauso ein. Warum, wusste er nicht. Er wusste bloß, dass er dessen zwiespältige Aura irgendwie kannte.

Einer aus den hinteren Reihen der Bar war aufgestanden. Er trug ein Hawaiihemd der billigsten Sorte, wie man es auf türkischen Ramschbasaren bekommt. Seine Haare sahen aus wie ein schlecht sitzendes Toupet mit einem langweiligen Mittelscheitel. Das Gesicht war feist und teigig, gezeichnet von zu fettem Essen und zuviel Alkohol. Die Warze am Kinn riss den unvorteilhaften Gesamteindruck auch nicht gerade raus. Hamm hatte für einen Moment das Gefühl, ihn schon mal gesehen zu haben. Das Teiggesicht schwenkte sein Glas und sang:

„Im Orient gibt's ein Lokal, das Café Oriental, jeder Scheich war schon einmal im Café Oriental."

Das war mal ein Riesenhit gewesen, gesungen von Vico Torriani. Unschuldige Zeiten waren das gewesen, dachte Hamm.

Der Torriani-Imitator war nicht zu bremsen: „... dies Lokal ist ein Magnet, da gibt's Frauen ohne Zahl, und wer so was sucht, der geht ins Café Oriental..."

„Leileilei, leileileilei, leileileilei-lei", grölte die Meute den Refrain.

Ja, Stimmung und Humor wuchsen jede Minute. „Let's move to the other bar", schlug Hamm seinen Begleitern vor. Sie verzogen sich in eine fast leere, edelholzgetäfelte Tränke nahe der Lobby.

„Wenigstens ist durch die Deutschengruppe mal was los im Hotel", sagte der Hoteldirektor. „Sie glauben ja nicht, wie frustrierend es ist, wenn Sie über Monate ein fast leeres Haus führen müssen." Er bekam plötzlich eine Art Offenheits-Schub. „Wir kriegen auch langsam Personalprobleme. Die Leute hauen ab und suchen sich Arbeit in anderen Hotels, weil sie bei uns kaum Trinkgeld verdienen."

Helen nickte Zustimmung. „Wirklich schlimm. Ein leeres Hotel ist der traurigste Ort der Welt."

„Jetzt kommen bessere Zeiten", sagte Hamm und hob aufmunternd sein Gin-Tonic-Glas. „Morgen verleihen wir den Preis. Die Weltpresse wird sich in Trauben auf uns stürzen. Jedenfalls so ähnlich."

Die Verleihung des Umweltpreises „Green Planet" war eine orientalische Farce, die unbeabsichtigt mit der getürkten Arbeitsreise der Deutschen-Truppe korrespondierte. Während die Germanen sich in der nahen Wüste, abenteuerlich kostümiert, auf Dromedarrücken zu halten versuchten, überreichte Hamm dem Hoteldirektor die gerahmte Preisurkunde und schüttelte ihm länglich die Hand. Gekommen war, wie angekündigt, der hohe Beamte vom Kairoer Tourismusministerium. Und zwar in Begleitung seiner Ehefrau, zwei von deren Schwestern, einer angeblichen Sekretärin und einem Knipser, der ein Foto für eine halbamtliche Zeitung der Hauptstadt machte. Alle waren eingeladene Gäste des Hauses, versteht sich.

Auch der Redakteur des Münchener Umweltmagazins war mittlerweile eingetroffen. Er ließ sich die Anlage zeigen und machte eifrig Notizen. Der Mensch braucht einfach einen Beruf, in dem er ein bisschen rumkommt, dachte Hamm. Galt das nicht auch für ihn selber? Als er am Nachmittag an der Rezeption stand und auscheckte, lief ihm die deutsche Gruppe erneut über den Weg.

Sie sah verschwitzt und mächtig eingestaubt aus und verteilte sich laut und angeschickert auf verschiedene Zimmertrakte.

Der Mann, den sie Hein nannten, stand als letzter an der Rezeption und musterte Hamm ungeniert, aber nicht unfreundlich.

„Going home already?", fragte er mit Blick auf Hamms Koffer.

„War bloß ein Blitzbesuch", erwiderte Hamm. „Rein beruflich."

„Ah", machte Freund Hein. Ob er überrascht war, dass Hamm Deutsch sprach? Ob er ihn aus der Poolbar wiedererkannte? Wenn ja, ließ er sich jedenfalls nichts anmerken.

„Und was ist Ihr Business, wenn man fragen darf?"

Hamm schätzte es nicht, plump ausgeforscht zu werden. Er entsann sich an den Spruch eines englischen Komikers, der ihm gefallen hatte.

„Wissen Sie, ich bin Vertreter für linksdrehende Achtkantschrauben. Aber wenn ich ehrlich bin …" – er beugte sich vor und schaute Hein treuherzig in die Augen – „… es ist halb so aufregend wie es klingt …"

Der Rottenführer lächelte dünnlippig. Es war kein gutes Lächeln. Arschloch, hieß die Übersetzung. Vermutlich war er solche Antworten nicht gewohnt. „Schöne Reise dann. Man sieht sich." Klang auch nicht nett. Eher wie eine Drohung.

Natürlich war es nur eine schlappe Floskel, weil dem Leitwolf auf die Schnelle kein schlagfertiger Konter eingefallen war.

Wer aber hätte ahnen können, dass darin viel Wahrheit steckte?

„It's always too much or not enough."
René Burri, Fotoreporter-Legende

4

Wenn es etwas gab, vor dem Hamm sich bis zur Gänsehaut fürchtete, dann waren es Krankenhäuser. Er war als Patient noch nie in einem Krankenhaus gewesen, hatte aber das Odeur von Siechtum, Immobilität und nahem Tod bei gelegentlichen Besuchen oft genug geschnuppert, um Krankenhäuser, wenn möglich, großräumig zu umgehen. Manchmal waren Besuche unvermeidlich gewesen, vor dem Tod seines Vaters etwa. Wenn aber Freunde in seinem Alter oder darunter im Krankenhaus landeten, weil sie sich bei törichten Sportverrichtungen verletzt hatten oder schlecht Auto gefahren waren, zog er es vor, seine Besserungswünsche fernmündlich zu übermitteln.

Was ihn geritten hatte, auf der Fahrt zu seiner Arbeitsstelle am Kreiskrankenhaus Halt zu machen, wusste er selber nicht. Einerseits war es kein großer Umweg. Andererseits hatte er eigentlich nicht vorgehabt, sich den Mann genauer anzusehen, den er in jener Nacht am Deich gefunden hatte. Seine Neugier musste ihm einen spontanen Schubs gegeben haben. Als er sich in den vierten Stock des Krankensilos, das eher einem Finanz- oder Arbeitsamt glich, vorgearbeitet hatte und an die Tür von Zimmer 413 klopfte, war es zu spät zur Umkehr.

„Herein", rief eine Stimme, die gar nicht malade klang. Hamm trat in ein Zweibettzimmer ein, das nur von Clemens Waschnewski belegt war. So jedenfalls sollte der zeitweilige Mieter dieses Zimmers laut der Inventarliste der Krankenhaus-Rezeption heißen. Es hätte auch jemand anderes sein können. Viel war vom Patienten nicht zu erkennen. Der Kopf war bandagiert, auf dem Gesicht klebten Pflaster, das linke Handgelenk war mit einer Bandage umwickelt, das rechte Bein hing, von einer Trageschale gehalten, in der Luft. Hamm besaß keine Vorstellung, wie der Mann aussehen würde, wenn man ihn aus seinen Verbänden geschält hatte.

„Guten Tag, ich heiße Hamm. Herr Waschnewski?"

„Was von ihm übrig ist. Womit kann ich dienen?" Er richtete sich ein wenig im Bett auf und sah seinen Besucher erwartungsfroh an. „Haben Sie irgendwelche neuen Erkenntnisse?"

Hamm beeilte sich, das Missverständnis aufzuklären.

„Ich bin nicht von der Polizei, Herr Waschnewski. Ich bin der, der Sie gefunden hat. In der Nacht ihres... Unfalls. Vielleicht erinnern Sie sich."

Der Patient machte eine Gebärde zum Kopf hin. „Sorry, habe Sie verwechselt. Wissen Sie, es kommen immer mal wieder neue Leute von der Kripo. Wollen wissen, ob mir noch was eingefallen ist zu der Nacht. Ich muss jedes Mal dasselbe sagen. Nitschewo. Alles weg. Keine Erinnerung. Wie verdunstet, zu Nebel geworden."

Er sprach ohne Mühe, verzog nicht einmal das Gesicht. Er lächelte sogar. Vor zwei Wochen war er dem Tod von der Schippe gesprungen. Dafür hatte er gute Fortschritte gemacht. Sehr gute. Musste ein zäher Bursche sein. „Auch an Sie kann ich mich nicht erinnern, Herr Hamm. Sorry. Man hat mir erzählt, dass mich jemand in sein Auto verfrachtet und ins Krankenhaus gebracht hat. Sie also waren das. Vielen Dank. Seien Sie nicht böse, dass ich mich noch nicht gemeldet habe. War bis vorgestern oder so noch ziemlich durch den Wind."

„Sie haben mehrmals etwas gemurmelt, als ich Sie im Auto hatte. Irgendwas mit -ath. Oder -rahb. So in der Art. Fällt Ihnen dazu was ein?"

„Nicht das Mindeste. Sorry."

„Es wird ziemlich viel spekuliert über die Sache. Das Tageblatt ergeht sich in Andeutungen. Jemand habe Sie möglicherweise aus dem Weg räumen wollen. Wegen des Kampfes gegen die A 17."

„Ich weiß, ich weiß. Hatte gestern Besuch von Leuten aus meiner BI. Möglich ist alles ... Es ist ein großes Rad, was sie da mit der A 17 drehen. Für einige in dieser Gegend hängt viel Geld dran. Ich kenne ein paar von ihnen. Den einen oder anderen sogar ganz gut. Ändert bloß nichts daran, dass ich den totalen Filmriss habe. Keine Ahnung, was für ein Wagen mich ungenagelt hat. Alles ist dunkel."

Hamm stand auf. Er musste ins Büro. „Ich wollte Sie nicht löchern. Nur mal kurz nach Ihnen sehen. Sie sind auf gutem Weg zur Besserung, glaube ich." Er berührte das gesunde rechte Handgelenk des Kranken und zwinkerte. „Auf Wiedersehen."

„Hoffentlich. Wenn Sie nichts anderes vorhaben, kommen Sie doch mal auf eine unserer Versammlungen. Da erfahren Sie all das über Autobahnen, was der ADAC und die anderen verschweigen. Termine im Küstenboten und im Tageblatt."

Falls man den Mann angefahren hatte, um ihn einzuschüchtern und vom Agitieren abzuhalten, dann war das gründlich misslungen. Man hätte konsequent sein und ihn anschließend totschlagen müssen, überlegte Hamm, als er vom Krankenhaus-Parkplatz fuhr. Er fuhr ein Stück auf der Bundesstraße, bog dann auf die Landstraße ab, die zur Autobahnauffahrt führte. Die Straße war schmal, kurvenreich und, wie fast alle Straßen im Dreieck zwischen den zwei Flussmündungen, unfassbar vernachlässigt. Seit Jahrzehnten, zumindest aber seit dem großen finanziellen Aderlass nach der Wiedervereinigung, war der Straßenbelag nicht mehr erneuert, sondern nur mehr schlampig ausgebessert worden. Er fuhr über einen Flickenteppich von Reparaturstellen, der im letzten, frostreichen Winter an vielen Stellen schon wieder aufgebrochen war. Allenfalls würden sie im Frühjahr Split darüber schütten und mit einer Walze notdürftig eindrücken, was die hier übliche Art von Straßensanierung darstellte.

An manchen Abschnitten war die Fahrbahn an den Seiten abgesackt. Wenn man das Steuer nicht festhielt, konnte der Wagen ins Schlingern kommen und in den Straßengraben schießen. Da weder die Landkreise noch die Kommunen Geld hatten, wurden die Reparaturen auf den Sankt Nimmerleinstag verschoben. Stattdessen stellte man einfach Tempobegrenzungs-Schilder auf, manchmal gar das Dreißiger-Schild.

Hamm hatte Straßen im Grenzgebiet zwischen Laos und Kambodscha befahren, die besser in Schuss waren.

Wir leben hier in der Dritten Welt, dachte er. Zumindest verkehrstechnisch. Als er endlich die Autobahn nach Bremen erreichte, atmete er auf. Die Autobahn konnte noch so voll sein, man kam darauf immer noch schneller voran als auf den unsäglichen Rumpelstrecken zwischen den Dörfern. Er drückte das Gaspedal durch und zog auf die Überholspur. Zur 10-Uhr-Konferenz würde er es locker schaffen.

Was hatten manche Leute bloß gegen Autobahnen?

„Behinderte Delfine kommen zu mir, um mit mir zu schwimmen. Im übertragenen Sinn, menschenführungstechnisch gesehen."
Christoph Maria Herbst in „Stromberg"

5

Van Dijk war berühmt für seine Sprunghaftigkeit. Oder berüchtigt. Wer eine ruhige, nach verlässlichen Regeln funktionierende Arbeitskultur schätzte, heuerte bei Transwelt gar nicht erst an. Der Hang des Chefs zu jähen Volten, überraschenden Brüchen und sämtliche Regeln auf den Kopf stellenden Scharaden waren in der Branche legendär. Ebenso, dass bei Transwelt nur alt wurde, wer mit dem schwierigen Charakter des Chefs klar kam. Irgendwie. Wie das gehen sollte, konnte sich kein Außenstehender vorstellen.

Es ging aber. Hamm war nun schon länger als drei Jahre der oberste Öffentlichkeitsarbeiter von Transwelt. Früher hatte van Dijk seine Pressechefs im Jahresrhythmus gefeuert. Beziehungsweise waren sie selber vor van Dijks Arbeitswut, seinen rücksichtslosen Eingriffen in ihr Privatleben und seinem autoritären Gehabe geflohen, bevor er ihnen kündigen konnte. Über die Abwicklung hatte sich keiner je beschwert. Wer bei Transwelt ging oder gegangen wurde, erhielt immer mehr, als ihm zustand; es sei denn, er wechselte zu einer der beiden Hauptkonkurrentinnen.

Van Dijks Credo, das er in Interviews mit Wirtschaftsjournalisten gerne zu Besten gab, hieß „schlank und wendig". Von seinen Anfängen als belächelter Nischenunternehmer an hatte er stets darauf verzichtet, sich einen Wasserkopf von mittelmäßig bezahlten und mittelmäßig motivierten Angestellten zuzulegen. Stattdessen stellte er verhältnismäßig wenige Leute ein, die aber Hochleistung erbrachten und dafür auch hohe Gehälter erhielten. Wenn er bei der Auswahl falsch gelegen hatte, trennte er sich rasch von ihnen. Sehr oft kam es nicht vor, dass van Dijk sich völlig verschätzte.

Nur sein Verschleiß an Pressesprechern war bislang hoch gewesen. Dass er es mit Hamm schon so lange aushielt, beziehungsweise dieser mit ihm, gab der Branche Rätsel auf. Auf einem Touristikertreffen war Hamm erst kürzlich darauf angesprochen worden. „Gib zu, du bist mal in van Dijks Keller gestiegen", hatte ein ehemaliger Transwelt-Kollege gefrotzelt, der inzwischen für einen anderen Veranstalter arbeitete.

Hamm hatte nicht gleich geschaltet.

„In was für einen Keller?"

„In dem er seine Leichen liegen hat, Mensch!" Der Ex-Kollege hatte ob seines Scherzes anhaltend gewiehert. Es war eines dieser Tresengespräche gewesen, die dem offiziellen Programm unvermeidlich folgen.

Hamm holte zum Gegenschlag aus. Er blickte seinem Gegenüber verschwörerisch in die Augen und senkte die Stimme, als solle niemand mithören. „Ich verrate dir jetzt was."

„Echt? Bitte!"

„Van Dijk hat mir den Schlüssel zu seinem Keller gegeben. Ich weiß alles. Zum Beispiel, warum du damals rausgeflogen bist."

In Wahrheit wusste er nichts. Es war bloß so eine Idee gewesen, wie ein oder drei Gin-Tonic zuviel sie mitunter hervorbringen, jenseits von Mitternacht. Offiziell hatte es natürlich geheißen, der Ex-Kollege habe „andere Aufgaben“ gesucht und die Trennung von Transwelt sei „einvernehmlich“ erfolgt. Aber an der entgleisenden Miene des Scherzbolds erkannte er sofort, dass er einen Zufallstreffer gelandet hatte.

„Hey, war nur ein Gag! Du kannst doch Spaß ab, oder?“

Konnte der Komiker natürlich nicht. Jedenfalls war Hamm ihn sehr bald losgeworden.

Heute war die Stimmung im Bremer Transwelt-Gebäude etwas angespannt. Es kursierten Gerüchte. Die Konferenz am Nachmittag, zur der van Dijk alle Abteilungsleiter geladen hatte, habe mit einem Strategiewechsel des Unternehmens zu tun, wurde kolportiert. Strategiewechsel? Transwelt ging es blendend, soweit man das nach zwei Wirtschaftskrisen sagen konnte. Blendend jedenfalls im Vergleich zu den großen Mitbewerbern, die auf unrentablen Flugzeugflotten und teuren Firmenzukäufen saßen.

Wie üblich, hatte van Dijk keinen seiner Leistungsträger vorab informiert. Wenn Großes anstand, verkündete er es immer ex kathedra. Über Richtungsentscheidungen diskutierte er nicht. Sie mochten sich als richtig herausstellen oder als falsch – das Risiko trug sowieso niemand anders als er, der alleinige Firmeninhaber. „Wenn ich meine Zeit mit Bedenkenträgern in Quasselrunden vergeuden wollte, wäre ich zu Holiday gegangen“, hatte er mal zu Hamm gesagt. „Ich bin Unternehmer, kein Unterlasser.“ Gift und Häme gegen den Branchenriesen Holiday zu versprühen, gehörte zu seinen Standardfreuden.

Van Dijk hatte nicht in den Konferenzraum geladen, sondern in sein mittelprächtig möbliertes, nicht eben großes Büro. Die Zahl seiner Ritter war überschaubar. Dennoch schien der Raum eigentlich überfüllt zu sein.

Die Ortswahl hatte bestimmt mit einem von van Dijks küchenpsychologischen Rezepten zu tun, überlegte Hamm. Wahrscheinlich sollte das Gefühl hergestellt werden, dass sich niemand verstecken konnte. Dass alle gewissermaßen in einem Boot saßen, dicht bei dicht.

Oder in einer Galeere?

Als der Boss eintrat, bemerkte Hamm sofort seinen neuen anthrazitfarbenen Kammgarnanzug. Tadellos geschnitten, wahrscheinlich Maßarbeit. Er schien immer wie aus dem Ei gepellt. Die Abteilungsleiter trugen ebenfalls gedeckte Anzüge und Krawatten. Warum Touristiker stets geschniegelt herumliefen, hatte sich Hamm immer noch nicht erschlossen. Ein Reiseveranstalter war schließlich keine Bank. Wollten sie sich auf diese Weise von ihrer Klientel abheben, den grässlich-freizeitmäßig kostümierten Touris in ihrem Hawaii-Aufzug?

Oder zogen sich Touristiker so an, weil sie, wie auch Banker mutmaßlich, im Innersten spürten, dass sie keiner seriösen Arbeit nachgingen? Hamm war jedenfalls der Einzige im Zimmer, der keine Krawatte trug. Zu seiner Jeans hatte er ein zerknittertes Leinensakko angezogen. Er glaubte, einen missbilligenden Blick seines Chefs aufzufangen.

„Meine Herren", hub van Dijk an. Damen waren bei Transwelt zahlreich, sie überwogen sogar bei weitem, doch nur auf den unteren und mittleren Gehaltsebenen. Auf der Leitungsebene gab es keine einzige Frau. Van Dijk leistete sich nicht einmal eine Alibifrau. Er machte eine umfassende Handbewegung. „Die Reisewelt verändert sich, und zwar dramatisch. Nicht in zehn Jahren oder so, sondern jetzt, direkt unter unserer Nase. Es sind auch, aber beileibe nicht nur die Krisen, die vieles verändern werden."

Er machte eine Pause, um dem Gesagten Dramatik einzuhauchen. „Was wir erleben, ist nicht weniger als ein Paradigmenwechsel beim Reisen. Die alten Formeln, wie Sonne, Sand und Saufen, sie werden bald nicht mehr stimmen. Besser, wir legen schon jetzt ein paar Schalter um. Wie Sie wissen, nennt mich die Presse einen Multitasker." Er lächelte selbstgefällig. „Ich selber sehe mich eher als einen Interdisziplinären. Ich hatte jüngst Gelegenheit, ein Wochenende mit drei der originellsten deutschen Denker zu verbringen und kam mit einigen sehr interessanten Einsichten zurück..."

Aha. Das also war es. Zu van Dijks zahlreichen Hobbys gehörte sein Umgang mit Leuten, die an den Schnittstellen von Kultur und Soziologie arbeiteten. Er unterschied sich in diesem Punkt gewaltig von anderen Größen der Reisebranche, die sich Marktforscher als Berater hielten. Van Dijk verachtete die Marktforschung. Er bestellte nie eigene Studien zum Reiseverhalten der Deutschen und ignorierte fremde Untersuchungen. Stattdessen richtete er Veranstaltungen in seiner Villa in Umbrien aus, auf denen bunte und manchmal auch ziemlich schräge Vögel über die Zukunft debattierten. Sie mussten nichts mit Touristik zu schaffen haben. Van Dijk ging es um neue Lebensstile und gesellschaftliche Gemengelagen. Seine liebsten Gesprächspartner waren zwei Philosophen und ein Trendscout, die gelegentlich als „Philosophisches Kleeblatt" in einem esoterischen TV-Nachtprogramm auftraten und van Dijks großzügige Gastfreundschaft gerne in Anspruch nahmen.

Seine neuen Erkenntnisse lauteten in der Essenz so: wegen der gesunkenen Realeinkommen und einer gewissen Angst vor der wirtschaftlichen Zukunft würden die Leute künftig weniger weit reisen. Den klassischen

Badeurlaub am Mittelmeer würde es zwar weiterhin geben, aber mit allmählich abnehmender Tendenz. Zur Krisenstimmung würde sich die Übersättigung eines alternden, enorm reiseerfahrenen Volkes gesellen, das sich auf Mallorca besser auskenne als im Bayrischen Wald und langsam begreife, dass genau dies ein Fehler sei. Überhaupt seien die Menschen durch den ständigen technischen Wandel und die Rasanz der weltpolitischen Ereignisse immer gestresster geworden. Sie würden im Urlaub nicht länger Kicks, sondern das Gegenteil davon suchen.

„Nehmen Sie nur den unglaublichen Erfolg des Buches, das dieser Komiker vor ein paar Jahren über seine Wanderung auf dem Jakobsweg geschrieben hat. Ein einziges Plädoyer für eine neue, entspannte Form zu reisen." Chapeau, dachte Hamm. Van Dijk, der große Interdisziplinäre, beobachtete gesellschaftliche Phänomene mit seismografischer Sensibilität und baute sie in sein Geschäftsmodell ein.

„Der Urlaub der Zukunft wird anders sein. Kein Herumrasen mehr in Horden durch Städte und Landschaften, kein Untertauchen in der donnernden Ferienhorde an überfüllten Stränden und lärmenden Großtränken. Der Urlaub der Zukunft wird entschleunigt sein".

Hamm stieß unwillkürlich ein Glucksen aus. Entschleunigung! Wie sollte das denn gehen? Da konnte man ja gleich zuhause bleiben, oder? Van Dijk warf ihm einen strafenden Blick zu. „Ich bitte um konkrete Vorschläge, welche Destinationen für einen Urlaubsstil, wie ich ihn skizziert habe, in Frage kommen. Hotelkontingente abseits der Küstenregionen, Wellnesstempel und ruraler Tourismus. Also Kalabrien statt Spanien; und wenn doch Spanien, dann der grüne Norden; wenn Süden, dann das

Mittige des Südens. Die Regionen, denen noch Stille und Besinnung innewohnen. Und so weiter. Der Einkauf soll prüfen, inwieweit wir uns ins Kreuzfahrtgeschäft einklinken können, das legt auch ständig zu. Alles bitte eine Woche von heute auf meinem Tisch. Noch Fragen?“

Niemand hatte welche. Allen dämmerte, dass eine Menge Arbeit auf sie zukommen würde. Van Dijk hatte seine Entscheidung getroffen, sie war nunmehr Gesetz. Was anstand, war praktisch die Neuerfindung von Transwelt. Danach würde man sich ebenso gut Transheim nennen können. Heim und Welt, so hatte mal ein Blatt der Mami-Presse geheißen. Bewegte sich das Land wieder nach rückwärts? Hamm seufzte. Bald würden sie wieder Reisen nach Ruhpolding anbieten, wo der deutsche Nachkriegstourismus begonnen hatte. Damals war man mit der Bahn angereist, im „Kniescheibenexpress“. Total entschleunigt war das alles gewesen, damals.

Als er nach einem langen Arbeitstag wieder am Steuer saß, hatte er sich mit dem Relaunch von Transwelt bereits angefreundet. Wahrscheinlich hatte van Dijk Recht. Der Fuchs würde der Konkurrenz wieder mal voraus sein. Es war ein warmer Sommerabend. Er hatte das Schiebedach geöffnet und ließ Gerüche ins Auto strömen. Nicht alle waren angenehm, aber so war es auf dem Land nun mal. Hinter jedem idyllischen Knick konnte ein Schweinemaststall lauern.

Er beschloss, mit dem Entschleunigen probehalber gleich heute Abend zu beginnen. Kurz vor Söderfleth nahm er eine Stichstraße zum Deich, die direkt zur bekannten Lokalität „Zum alten Ewer“ führte. Es handelte sich um ein ausgedehntes, verschachteltes Fachwerkanwesen, dessen Ursprünge bis ins frühe 19. Jahrhundert zurück reichten. Es thronte zweigeschossig auf dem

Deich, schwach angestrahlt bei Dunkelheit. Ein letzter Leuchtturm der Gemütlichkeit in einer Region, wo seit langem das Gasthöfesterben die überkommene Geselligkeit vernichtete.

Sönke Bruhns und seine Frau Inga führten den Ewer nun schon in der dritten Generation. Der Laden hatte alles überstanden: den Siegeszug des Fernsehens, die Massenmotorisierung, den Aufstieg der Getränkeabholmärkte, die Euro-Einführung, die Wirtschaftskrise. Es war aber weder Zufall noch Zauberei, dass der Ewer überlebt hatte. Das Wirtspaar bot deftige Kost und gediegene Trinkware zu moderaten Preisen, richtete Feuerwehrbälle, Hochzeiten und Beerdigungsessen aus und verdiente im Sommer zusätzliches Geld mit Zimmern für Touristen. Man fütterte im Ewer ganze Busladungen ab, besonders im Herbst und im Frühjahr. Viel war am einzelnen Bustouristen nicht zu verdienen. Aber die Masse brachte das Geld.

Vor allem waren Sönke und Inga unerschütterlich unparteiisch. Zu keinem der großen Streitthemen der Region wie Windindustrie, Autobahnbau oder Vertiefung des Elbstromes hatten sie je Stellung bezogen. Niemand nahm ihnen das übel, im Gegenteil. Es erlaubte allen, im Ewer zusammenzukommen wie auf neutralem Boden. Man durfte hier kungeln und petzen und tratschen und schwätzen. Nur streiten durfte man nicht. Streit war bei Strafe des Lokalverbots untersagt. Und wer hätte die Stirn gehabt, Lokalverbot im Ewer zu riskieren?

Hamm stieg die Treppe zum Eingang hoch. „Heute Brataal“ annoncierte eine Schiefertafel. Er zog die schwere, knarrende Tür auf und roch das Odeur des Ewer. Bodenständige Küchengerüche, Bierdunst und Tabakqualm waren eine Menage à Trios eingegangen. Es wurde geraucht im Ewer. Und zwar nicht nur in den diversen kleinen Nebenräumen, sondern auch im großen, von einem altehrwürdigen schwarzen Eichenvestibül beherrschen Schankraum. Nichtraucher waren willkommen, aber nur so lange geduldet, wie sie nicht gegen das Gequalme stänkerten. Der Lifestyle of Health and Sustainability hatte es noch nicht bis zum Ewer geschafft, dachte Hamm. Er hoffte, dass dies auch nie der Fall sein würde.

„Moin", rief er halblaut und steuerte den Tresen an. Das Echo war schwach, obwohl der Raum gut besetzt war. Er wusste, dass dies nichts mit seiner Person zu tun haben konnte. Als einer, der aus Hamburg stammte und in Bremen arbeitete, war er hier zwar ein Außenseiter. Aber ein geachteter Außenseiter. Besonders, seit er mitgeholfen hatte, dem maroden Regionalflugplatz Leben einzuhauchen.

Was greifbar im Raum hing, war die etwas niedergedrückte Stimmung. Hamm erkannte an einem Tisch rechts vom Eingang Piet Brunkhorst und Karla Sievert, die sich anscheinend mit Bier und Wein aufbauten. Piet war ein ergrauter Zausel aus bewegten 68er-Tagen, dessen Lieblingsaufzug in Cordhose und Lederweste so altbacken war wie seine politischen Ansichten. Er lebte in einer alten, schwer beheizbaren Mühle am Fluss; ein Maler und Liedermacher, der für seine satirischen Bänkelsänge im ganzen Norden bekannt war, obschon seine großen Erfolge schon etwas zurücklagen. Auf Demonstrationen gegen die A 17 trug er gelegentlich Protestlieder vor, in denen sich „Autobahn" auf „Autowahn" reimte.

Karla war die derzeitige Stadtschreiberin von Entenbrügge. Hauptberuflich war sie Autorin verstiegener, aber in bestimmten Szenen hoch gelobter Frauenbücher, mit denen sie auf Lesetourneen ging, die von den

Frauenbeauftragten der Samtgemeinden organisiert wurden. Karla war gut 30 Jahre jünger als Piet und sah auf ihre authentische, ungeschminkte Art gut aus. Warum sie einen Narren ausgerechnet an dem alten Kämpen mit seinen nikotingelben Zähnen gefressen hatte, war keinem so recht klar. Manche meinten, das Verhältnis sei rein platonisch. In der Tat wohnten sie nicht zusammen.

Mit am Tisch der beiden saß Heidemarie Lürssen, die Inhaberin der einzigen unabhängigen Bücherei der Kreisstadt. Sie musste es schwer haben gegen den Ableger einer großen, bundesweit aufgestellten Buchmarktkette, der kürzlich in der Stadt einen Laden auf zwei Etagen eröffnet hatte, überlegte Hamm. Die Buchhändlerin, hieß es, lebte mit ihrem Mann in einem alten Obstbauernhaus am Fluss, das für das kinderlose Paar viel zu groß war. Sie mochte um die vierzig sein, hatte welliges, kastanienbraunes Haar und weiche, sehr frauliche Züge, die durch einen schön geschwungenen Mund verstärkt wurden. Hamm nickte in die Richtung der Tischrunde. Er kannte die beiden ersteren vom Sehen. Bei Heidemarie Lürssen kaufte er gelegentlich Bücher.

Wo wohl ihr Mann steckte? Im Buchladen war er jedenfalls nie.

Am langen, ovalen Stammtisch mit dem riesigen Aschenbecher in der Mitte hockte eine Bauerngruppe und guckte angestrengt in die Karten. Hamm erkannte Krischan Schaak, einen immer krachgut gelaunten Hoferben von jenseits des Flusses. Hamm hatte mit ihm mal bei einem Schützenfest ein paar Biere gezischt und über moderne Landwirtschaft diskutiert. Krischan wartete auf den realen Antritt seines Erbes ungefähr schon so lange wie Prinz Charles auf die Königskrone, denn die Gesundheit seines Vaters war mindestens so robust wie die der Queen. Trotzdem war er allzeit fröhlich auflegt. Er liebte die Gegend, in die er eingeboren war, machte niemals Urlaub in fernen Ländern. „Was kann schöner sein als abends vor mein' Haus hocken und die Sonne untergehen sehen?", pflegte er zu fragen. Rein rhetorisch, natürlich.

Hinter dem Tresen stand Sönke, ein Wikinger mit grauem Backenbart und Wampe. Hamm bestellte Bier und Korn, kippte den Korn sofort hinunter und fragte aus einer Ahnung heraus: „Was passiert, das man wissen muss?"

„Jo", sagte der Wirt und bearbeitete ein Bierglas mit dem Küchentuch. „Kann man sagen. Clemens ist tot."

„Clemens Waschnewski?" Der Wirt nickte. Hamm glaubte, sich verhört zu haben. „Unmöglich. Ich bin gestern früh noch bei ihm gewesen. Er sah lädiert aus, klar, aber er sprach völlig normal."

„Jetzt ist er tot. Nele brachte vorhin die Nachricht. Sie sitzt da hinten am Ecktisch. Frag sie."

Hamm kannte höchstens die Hälfte der Stammgäste im Ewer. Dass auch Waschnewski hier verkehrt hatte, war ihm neu. Nele kannte er allerdings. Sie war vor ein paar Jahren, als sie aus der Stadt hergezogen war, mal ein Thema gewesen, über das sich alle die Mäuler zerrissen hatten. Denn Nele war lesbisch, sah lesbisch aus und machte aus ihrem Lesbischsein keinen Hehl. Kunststück, wie hätte sie das auch anstellen sollen, war sie doch mit ihrer Lebensgefährtin Silke in ein kleine, schnuckelige Kate gezogen, die von Birken umgeben war wie auf einem Bild von Otto Modersohn.

Die beiden Frauen machten irgendwas mit Kunst. Was sonst.

Hamm war mal mit Nele ins Gespräch gekommen,

als sie an einem Vortragsabend im Kunstverein zufällig nebeneinander saßen. Sie hatten über die Freuden und die Tücken des Landlebens gesprochen, und Hamm war erstaunt gewesen, dass er sich mit der kurzhaarigen, herbgesichtigen Frau mit der sportlichen Figur sofort verstanden hatte. Eine Lesbe, die einem Mann wie ihm vollkommen unbefangen gegenübertrat. Selten. Natürlich hatte er sofort gesehen, was es mit Nele, die mit der links neben ihr sitzenden Silke Händchen hielt, auf sich hatte. Ihm war eingefallen, dass es sich um die beiden „Homo-Frauen" handelte, über die beim Bäcker in Söderfleth getratscht wurde, und nicht nur dort.

„Nele? Ich bin Bernhard, wir kennen uns vom Kunstverein." Nele nickte und machte eine Bewegung, die ihn zum Platznehmen aufforderte. Sie wirkte müde. Vielleicht hatte sie zuviel getrunken. Hamm setzte sich auf die Eckbank. „Ich bin der, der den Clemens Waschnewski in der Nacht des Unfalls gefunden hat. Gestern Morgen habe ich noch mit ihm im Krankenhaus gesprochen. Was ist passiert?"

Nele guckte ihn an und schüttelte den Kopf. „Ich weiß es nicht. Bin heute ins Krankenhaus, um mit ihm zu sprechen. Wie es nun weitergeht mit der BI, was ich tun kann, wo die Unterlagen sind, so Sachen eben. Sein Zimmer war leer. Ein Arzt kam zufällig vorbei, der hat es mir gesagt. Er hatte um die Mittagszeit eine Gehirnblutung. Irgendein Gerinsel im Gehirn, vermuten die Ärzte. Das würde untersucht. Wer's glaubt ... Wenn sie was bei Clemens übersehen haben, kleiner Kunstfehler bei der Diagnose oder so, werden sie's nicht gerade an die große Glocke hängen ..."

„Vermutlich nicht. Aber ich glaube nicht, dass sie Mist gebaut haben. Vielleicht kommt so eine Nachblutung bei bestimmten Unfällen einfach mal vor. Das Krankenhaus hat im ganzen Kreis einen richtig guten Ruf, weißt du." Er hatte sie umstandslos geduzt. Der Ewer war kein Platz, wo man sich siezte, fand er, das hätte affig gewirkt. Vom Stammtisch, wo die Bauern Skat droschen, prasselte eine markerschütternde Lachsalve herüber.

Als sie vorbei war, fragte Hamm: „Und jetzt? Was wird jetzt aus dieser Autobahnkiste?"

„Die geht weiter, ganz klar. Clemens würde im Grabe rotieren, wenn wir jetzt klein beigeben. Im Grabe ... Wo er noch nicht mal ist. Scheiße das Ganze, ich kann's nicht glauben ..." Sie verzog das Gesicht und fing an zu weinen.

Hamm schwieg und trank sein Bierglas leer. Er machte Yvonne ein Zeichen, ihm ein neues Bier zu bringen. Yvonne war die Allzweckkraft des Ewer, je nach Bedarf im Service, im Büro oder im Einkauf tätig. Sie kam aus Mecklenburg-Vorpommern und trug an einem Busen, auf dem man Aschenbecher hätte abstellen können. Ihr Hinterteil, das in einen engen kurzen Rock gezwängt war, ragte ebenfalls kräftig hervor. Obwohl Yvonne sein Biersignal verstanden hatte, kam sie an den Tisch, legte den Kopf schief und gurrte lasziv: „Der Herr wüüünscht ... ?"

Sie mochte ihn, das hatte sie mehrfach unmissverständlich zu verstehen gegeben. Somit befand sich Hamm in einer Lage, die sich der gesamte Landkreis, vertreten durch seine männlichen Einwohner zwischen 15 und 75 Jahren, sehnlichst erträumte. Für eine Nacht mit Yvonne hätte so mancher Bauer seinen Lieblingsschlepper hergegeben. Sie aber ließ alle abblitzen, die sie anbaggerten, machte ausgerechnet Hamm schöne Augen.

Auch er hätte Yvonne nicht von der Bettkante geschubst, wäre er ihr auf einer Reise begegnet. Ihr aber hier, auf seinem ländlichen Turf, aus blinder Lust zu verfallen, kam nicht in Frage. Er besaß eine Ahnung, dass er sie nur schwer wieder loswerden würde, und diese Aufgabe würde früher oder später auf ihn zukommen. Yvonne war keine Frau nur für eine Nacht, doch Hamm konnte sich definitiv nicht vorstellen, was er tags darauf mit ihr reden sollte.

Weil er sie trotzdem mochte, spielte er ihren Flirt mit.

„Kredenze mir einen großen Becher kühlen Gestensaftes, du Gold des nahen Ostens." Yvonne trug neben all ihren Kurven auch noch eine blonde Lockenmähne, die eine Friseuse im Vorhof des örtlichen Penny-Marktes geformt hatte. Sie hätte eine neue Cleo Kretschmer abgeben können, dachte Hamm. Derselbe naive Sexappeal. Ob er vielleicht doch mal …? Er schüttelte den Gedanken entschlossen ab und wandte sich Nele zu.

Sie weinte nicht mehr, sondern guckte wieder ganz klar. Offenbar hatte sie einen Entschluss gefasst.

„Darf ich dich mal was Blödes fragen?"

„Immer."

„Ich muss so schnell wie möglich an die BI-Unterlagen von Clemens ran. Also in sein Haus rein. Ich weiß, wo der Schlüssel liegt. Würdest du mitkommen?"

Hamm runzelte die Stirn. „Was für Unterlagen? Und wieso ich?"

„Clemens hat mal gesagt, er habe ein paar Bömbchen ausgebuddelt, die er zu gegebener Zeit platzen lassen wollte. Die das ganze Autobahnprojekt kippen könnten. Na ja, vielleicht hat er sich da auch nur was vorgemacht. Jedenfalls hat er angedeutet, dass er heißes Material besitze, das er sicher verwahrt habe. Und zwar nicht auf seinem Rechner."

„Warum gehst du nicht zu ihm nach Hause und suchst das Zeug?"

„Weil ich da im Grunde nicht rein darf. Ins Haus, meine ich. Erst müssten die Erben zustimmen, wer immer das ist. Das kann endlos dauern. Ich weiß, dass er es wollen würde, dass ich die Dokumente abhole, wenn es wirklich welche gibt. Aber ich brauche einen Zeugen dafür, dass ich nichts mitnehme außer dem, was Clemens für die BI gemacht hat. Einen neutralen Zeugen, das darf keiner von der BI sein. Silke geht auch nicht."

Die Sache schmeckte Hamm überhaupt nicht. Hausfriedensbrüche waren es, die seine kurvenreiche Karriere säumten, und sie hatten bereits einmal zu seinem jähen Absturz geführt. Jetzt, da er endlich beruflich auf Reiseflughöhe war, sollte er erneut ins Risiko gehen? Aber der Gedanke, dass er Waschnewski was schuldig war, hatte sich in ihm eingenistet. Hatte er dem Mann nicht gewissermaßen vorläufig das Leben gerettet? Doch der Sensenmann hatte letzthin gesiegt. Er, Hamm, musste noch einen letzten Zug versuchen. Im Auftrag eines Toten.

Er seufzte. „Na gut. Morgen ist Freitag, da bin ich den ganzen Tag im Büro. Samstagvormittag?"

Als er mit dem zweiten Bier fertig war, verfluchte er seinen Entschluss bereits. Aber er hatte Ja gesagt. Und ein Mann, das hatte er in seiner Jugend von Westernhelden wie Glenn Ford, Audie Murphy und Randolph Scott gelernt, muss zu seinem Wort stehen. Sonst kriegt er die Farmerstochter nie.

„Eines kann ich auf den Tod nicht leiden:
Killer und Männer mit niederem Charakter.“
Gene Hackman als Sheriff in „Erbarmungslos“

6

Hinten in der Back, wo er erst ganz zuletzt nachschaute, fand er schließlich das Material. Es war in einer Kiste, die unter eine Ablage geschoben war und flüchtig besehen den Eindruck machte, als beherberge sie nur seemännischen Krempel. Seekarten lagen obenauf, beschwert durch eine Signalpistole und eine Schachtel mit Leuchtpatronen. Vielleicht hatte ihn das stutzig gemacht? Wer bewahrt eine Signalpistole versteckt auf? Wenn sie gebraucht wird, weil man zum Beispiel havariert ist und das Boot zu sinken beginnt, muss man sie dann nicht so schnell wie möglich zur Hand haben, um ein Notsignal zu geben?

Am Bootsrumpf gluckerte dumpf das Flusswasser. Ein Käuzchen gab unheimliche Laute von sich. Er nahm die Pistole aus der Kiste und hob das Papierpaket an. Nur eine dünne Lage bestand aus Seekarten. Darunter befanden sich Abrechnungsbelege, Internetausdrucke, Fotos, Briefe und Karten mit durchgezogenen und gestrichelten Linien, die eindeutig Autobahntrassen darstellten. Er rief ins dunkle Vorderschiff, das Nele im kalten Schein ihrer LED-Taschenlampe durchsuchte.

„Kommst du mal?“

Sie warf nur einen Blick auf die Unterlagen. „Treffer. Das sind seine Sachen. Komm, wir klemmen uns das Zeug unter den Arm und dann nichts wie weg. Angucken können wir uns das später in aller Ruhe.“

Du kannst sie dir angucken, dachte Hamm. Ich bin jetzt raus aus dem Spiel. Mir langt's. Schon wieder ein Einbruch, den man ihm anhängen könnte, wenn er Pech hätte. Er hatte das Schott aufbrechen müssen, damit sie in die Kajüte konnten. Man sah die Einbruchsspuren kaum, aber ein Polizist würde sie bemerken. Und wenn sich noch andere als nur die Gesetzeshüter für das Boot interessierten? „Warte noch einen Augenblick", flüsterte er und bog das ausgehebelte Türscharnier notdürftig zurück. Dann ging er in die Kajüte, packte Seekarten und Signalpistole in die Kiste, stellte sie zurück unter die Abseite und beseitigte die Unordnung, die Neles Stöbern hinterlassen hatte.

„Was hast du so lange im Boot gemacht?", fragte sie ihn, als sie im Wagen saßen.

„Klar Schiff", sagt er. „Ist nur so eine Idee. Wenn die, die vor uns in Waschnewskis Haus waren, dort nichts gefunden haben – was das Ausmaß des Kladderadatsch erklären würde, den sie angerichtet haben – dann könnten sie auf gewisse Gedanken kommen. Zum Beispiel auf den, dass er seine Unterlagen woanders gebunkert hatte. Und irgendwann stoßen sie auf dieses Schiff. Es ist ja auf seinen Namen registriert, nehme ich an."

„Ja. Und?"

„Wenn wir Glück haben – wenn ihr Glück habt, meine ich – knacken sie die Kajütentür bei Nacht und Nebel auf. Wie wir, bloß zum zweiten Mal. Und merken nicht, dass schon jemand vor ihnen das Boot durchsucht hat."

„Okay. Und?"

„Wenn die anderen wieder kein Material finden, könnten sie zu glauben anfangen, dass gar nichts existiert. Dann werden sie vielleicht mit dem Schnüffeln aufhören. Wenn sie aber Spuren von unserer Durchsuchung im Boot finden, ticken sie womöglich, dass jemand ihnen das Zeug vor der Nase weg geschnappt hat. Dann werden wir sie nicht los. Ich meine, ihr werdet sie dann nicht los. Deshalb habe ich klar Schiff gemacht."

Ihr. Schon besser. Nicht: Wir.

Nele warf ihm einen, wie er fand, bewundernden Blick zu.

Die anderen. Er hatte „die anderen" gesagt. Seit Samstagmorgen, 10.45 Uhr, drei Tage nach dem Tod von Clemens Waschnewski, stand fest, dass es „andere" gab. Leute, die sich für seinen Nachlass interessierten. Die vielleicht etwas mit seinem Tod zu tun hatten? Oder es war doch nur ein simpler Einbruch gewesen, wie er auch auf dem Land immer häufiger passierte? Meist ausgeführt durch Banden aus Osteuropa, die wie Heuschrecken die Landkreise abgrasten.

„Dahinten ist sein Haus", hatte Nele gesagt, als sie sich dem stattlichen Hof näherten. Erbe seiner Eltern, die dort bis zum Schluss gelebt hatten. Und direkt hinter dem Hof würde die Autobahn verlaufen, wenn die Autobahn gebaut würde. Genauer gesagt, wenn die Trassenvariante 2 durchkäme. Dann wäre das Leben hier für ihn zur Hölle geworden. Verstehst du, auch deshalb hat er sich dermaßen in den Kampf gegen die Autobahn eingeklinkt."

„Ihr seid gegen Autobahnen nur dann, wenn sie vor eurer Nase gebaut werden." Für Hamm war das keine Frage, sondern eine Feststellung. „Ansonsten nehmt ihr die Autobahnen ganz gerne, oder?"

Nele hatte ihm einen ärgerlichen Blick zugeworfen. „Darüber müssten wir mal ausführlich diskutieren."

„Ich fürchte, dafür habe ich zu wenig Zeit", hatte Hamm entgegnet.

Nele brauchte den Schlüssel, der sich unter einem der zahlreich neben der grünweißen Eingangstür stehenden

Blumentöpfe befinden sollte, gar nicht erst zu suchen. Die Tür stand einen Spalt offen, und es war auf den ersten Blick klar, dass sie mit einem Kuhfuss oder etwas Ähnlichem aufgehebelt worden war. Das Innere des Hauses stand auf dem Kopf. Es gab fast nichts, das nicht von seinem Platz gerissen und auf den Boden geworfen war; kein Kochtopf, kein Buch, keine Schachtel. Der Laptop auf dem Schreibtisch fehlte, das Netzgerät war noch da. Auch die Schubladen waren fast leer. Keine CDs, keine UBS-Sticks, keine Papierdokumente.

„Hier hat einer ganze Arbeit gemacht", sagte Hamm. „Oder er wollte, dass es so aussieht."

„Was meinst du?"

„Ich glaube nicht, dass das ein normaler Einbruch ist. Die Bilder hängen noch an den Wänden. Und die Teppiche liegen noch da, keine ganz billigen Dinger. Profis sehen so was."

„Glaubst du, da war jemand hinter den Unterlagen her? Genau wie wir?"

„Genau wie ihr. Bloß aus anderen Motiven."

„Das mit dem Laptop ist nicht schlimm", sagte Nele. „Alles Offizielle, was die Autobahn betrifft, hat mir Clemens immer sofort gemailt. Wir machen ja die Anti-A17-Website, Silke und ich."

„Echt, Silke auch?"

„Das Mädchen ist ein Crack in solchen Sachen", sagte Nele stolz.

Hamm hatte ein paar Bilder von der Verwüstung mit der flachen Kamera geschossen, die er immer bei sich trug. Dann hatten sie sich schnell aus dem Staub gemacht. Falls die Polizei anrückte, von wem auch immer alarmiert, würden die beiden ziemlich dumm dastehen. Sie waren dann zum alten Fähranleger gefahren, wo in einer hölzernen Cafeteria legendär schlechter Kaffee ausgeschenkt wurde, und hatten den Einbruch hin und her besprochen. Waren die Einbrecher fündig geworden?

Dagegen sprach, dass fast die gesamte Einrichtung durchwühlt worden war.

An welcher anderen Stelle konnte Waschnewski sein Material gebunkert haben? Es dauerte eine halbe Stunde und zwei kraftlose Kaffees mehr, bis sich Nele mit der flachen Hand an die Stirn schlug.

„Natürlich! Er hat ein Boot! So einen kleinen Kajütkreuzer, um damit den Fluss rauf und runter zu tuckern".

„Wo liegt der Kahn?"

Nele guckte ihn an und fing laut zu lachen an. „Das glaubst du nicht! Du kannst ihn sehen. Dreh dich mal um. Er liegt am Anleger des Segelclubs."

Es war ein weißes Sieben-Meter-Boot mit Innenbordmotor und schönem Teakdeck, hübsch altmodisch und relativ breit gebaut. Ein Boot zum Gleiten, keins für Rennen. Sie hatten sich um elf Uhr abends zum Boot-Knacken verabredet. Dann würde es dunkel sein. Hamm würde Nele von ihrer Kate abholen. Je weniger Autokennzeichen am Parkplatz des Anlegers zu sehen waren, desto besser…

*

Als Hamm gegen ein Uhr früh nach Hause kam, fiel ihm ein Stein vom Herzen. Alles war gut gelaufen. Er hatte seine Pflicht erfüllt. Nele hatte jetzt das Material für ihre Internet-Kampagne, oder was sie sonst damit anfangen würde. Aktionen jenseits der Legalität würde es zumindest für einen Mann namens Bernhard Hamm in absehbarer Zeit nicht mehr geben.

Dachte zumindest ein Mann namens Hamm.

Kommissar Batic: „Dieser Ausländer, wie sah er aus?"
Zeuge: „Hmmmm ... Ein Neger war's nicht, auch kein Chinese. Irgendwas dazwischen."
Aus „Tatort: Das verlorene Kind"

7

Dass man sich im Leben immer zweimal sieht, gehörte zu den Binsenweisheiten, deren Gültigkeit Hamm bestätigen konnte. Er hatte vor vielen Jahren mal einen Späthippie kennengelernt, der mit einem VW-Kübelwagen, auf den das Balkenkreuz der Wehrmacht gemalt war, durch die Baja California fuhr. Zwei Jahre später hatte er denselben Freak im mittelamerikanischen Zwergstaat Belize an einer Bar wieder getroffen.

Aber dass man einen Anderen, vorher nur ein einziges Mal Gesehenen so schnell wieder traf? Als er am Freitagabend über den weitläufigen Parkplatz des Restaurants „Seeschlösschen" zu seinem Wagen ging, wollte es ihm immer noch nicht so richtig in den Kopf. Und doch, er hatte den Mann eindeutig erkannt. Kein Zweifel möglich. Und ein oder zwei andere waren da auch noch gewesen, die ihm bekannt vorgekommen waren. Er brauchte etwas Zeit, um sich darauf einen Reim zu machen.

Er hatte eine hektische Arbeitswoche hinter sich. So hektisch war es zugegangen, dass er seit Montag in seiner winzigen, ungemütlichen, lauten Wohnung am Rande der Bremer Altstadt übernachtet hatte, um morgens sehr früh im Büro sein zu können. Er war inzwischen so an die Ruhe des Landlebens gewöhnt, dass er von der

Stadtwohnung nur selten Gebrauch machte. Aber in dieser Woche war sie ganz nützlich gewesen.

Von morgens bis in die Nacht hinein war er damit beschäftigt gewesen, eine verkäufliche Philosophie für den Einstieg von Transwelt ins Segment des – wie hatte van Dijk es genannt? – „entschleunigten Reisens“ zu erfinden. Sie musste intelligenteren Nachfragen auf Pressekonferenzen standhalten können, die es tatsächlich manchmal gab. Und sie durfte keinesfalls so daher kommen, als wolle sich Transwelt Hals über Kopf von seinem Brot-und-Butter-Geschäft verabschieden, dem ganz gewöhnlichen Tourismus der drei S – Sonne, Sand und Saufen, ersatzweise Sex. Die drei großen S würden noch viele Jahre die Stützen des Urlaubsgeschäfts bilden, schätzte Hamm.

Als er am Freitag endlich zu seinem Hof fuhr, hatte er einen unbändigen Hunger verspürt. Die ganze Woche hatte er sich selber mit Junk Food abgespeist, um Zeit zu sparen. Auf dem Weg in Richtung Söderfleth lag der Kurort Bad Klevenstedt, dessen Restaurant im Hotel am See einen exzellenten Ruf genoss. Als er dort ankam, war der Parkplatz voll besetzt, überwiegend mit Karossen der Mittel- und Oberklasse. Im Restaurant hatten sie ihn freundlich in die „Geeststube“ bugsiert, einen kleinen, abgetrennten Speiseraum. „Wir haben heute im großen Saal eine Veranstaltung“, hatte die Kellnerin gesagt.

„Lassen Sie mich raten – Schützen, Hechtclub, Feuerwehr?“

„IHK“, lächelte die Kellnerin. „Essen mit vier Gängen.“

Die Industrie- und Handelskammer der Region war unter den lokalen Kungelclubs, die sich im Lauf der Zeiten gebildet hatten, zweifellos der einflussreichste. Sie vertrat hauptsächlich das Kleingewerbe und den

Mittelstand. Die Großindustrie mit Ablegern multinationaler Konzerne, die sich auf ein Gebiet an der Elbe konzentrierte, besaß eigene Lobbys. IHK-Politik bestand unter anderem darin, alles zu unterstützen, was der Infrastruktur förderlich war und nach Beton roch, wie der Bau neuer Straßen und die Ausweisung von neuen Gewerbeflächen. Ihr natürlicher Feind waren die Umwelt- und Naturschutzverbände, die mit unermüdlichen Vogelzählungen und Umweltverträglichkeitsprüfungen gegen derlei Projekte opponierten; mit einer Zuverlässigkeit, nach der man die Uhr stellen konnte.

Hamm nahm Saibling in Champignonrahmsauce – ein Gericht, das sie hier besonders gut konnten – und lauschte dem Duktus der Reden, die im großen Speiseraum das Essen begleiteten. Viel verstehen konnte er nicht. Aber es ging um die geplante Autobahn, soviel hörte er heraus. Das interessierte ihn. Nachdem er gezahlt hatte, war er durch die Verbindungstür der Speiseräume geschlendert und hatte sich auf einen leeren Stuhl in die hinterste Reihe gesetzt.

Es war eine geschlossene Veranstaltung, aber niemand machte Anstalten, ihn zu vertreiben. Vielleicht hielt man ihn für einen Pressevertreter. Allerdings waren die Medienvertreter an einem Tisch neben dem Podium versammelt. Er erkannte Gillmann vom Küstenboten und eine Frau vom Tageblatt, die Hamm vor einem Jahr eingeladen hatte, als der erste Ferienflieger nach Mallorca im Transwelt-Vollcharter vom wiederbelebten Regionalflughafen MoorPort abhob.

Ein Art Conférencier, der durch das Programm des Abends führte, kündigte als nächsten Redner Hein Gättcke an, Spediteur und „langjähriges engagiertes Mitglied unserer Kammer, der wie kein zweiter die Bedeutung von

Straßen für den wirtschaftlichen Aufschwung unserer Region kennt".

Hamm traute seinen Augen kaum, als der Redner aufs Podium kam, sich räusperte und routiniert gegen das Mikrofon klopfte.

Es war der bullige Rottenführer der Tagungsteilnehmer, dem er in Marsa Alam begegnet war. Der Typ mit der Taucheruhr.

Hein Gättcke, Spediteur!

Er sah jetzt anders aus in seinem schwarzen Einreiher mit Einstecktuch, viel seriöser als an der Bar des Residence. Aber es handelte sich ohne Frage um ein und dieselbe Person. Gättcke hielt sich nicht lange mit der Vorrede auf. An der A 17 hänge das Wohl und Wehe der ganzen Region. Nur wenn es endlich möglich wäre, Material und Waren in kurzer Zeit in die Region und aus der Region zu befördern, würden sich verarbeitendes Gewerbe und landwirtschaftliche Großbetriebe ansiedeln.

Nur dann würde auch der Tourismus erblühen, nur so der Immobilienmarkt aus seinem chronischen Tiefschlaf erwachen. „Seit die ersten Karawanen der Beduinen die Handelswege des Nahen Ostens erschlossen, seit Marco Polo die Seidenstraße nach China entdeckte, seit die Schienenstränge in den amerikanischen Westen gelegt wurden – immer waren es Verkehrswege, die etwas für die Menschen bewegt haben. Ohne Verkehr kein Fortschritt, sondern Stillstand, Stagnation, Verfall. Lasst uns politischen Druck machen, verehrte Geschäftsfreunde, damit die A 17 endlich begonnen werden kann!"

Lauter, anhaltender Beifall. Das mit den Karawanen mochte er aus einem Reiseführer für Marsa Alam geklaubt haben. Marco Polo und den Wilden Westen musste ihm jemand geflüstert haben. Gättcke sah nicht aus wie einer, der sich mit der Sozioökonomie von Verkehrsflüssen auskannte. Er leitete, sein eigenes Stichwort vom nötigen Druck aufnehmend, zum nächsten Redner über. „Herr Dr. Hinnerk Cassens, Bundestagsabgeordneter und Vorsitzender des Wirtschaftsausschusses, wird im Folgenden einen Zwischenstandsbericht über das Projekt A 17 abgeben und eine politische Einschätzung der terminlichen Realisierbarkeit geben…"

Zum zweiten Mal an diesem Abend glaubte Hamm, seinen Augen nicht trauen zu können. Auch den Mann, der jetzt von seinem Platz aufstand und ans Podium trat, kannte er. Auch ihn aus Ägypten. Das Teiggesicht! Die Warze. Der vom Café Oriental! Kein Witz! Der sangesfreudige Trunkenbold aus dem Residence war der politische Motor des Autobahnbaus.

Ein Motor mit Turbolader. Wie er in kurzen, präzisen Sätzen die politische Lage im Dreieck zwischen Berlin, Hannover und dem Kreistag umriss, die Positionen der Parteien referierte und seine persönlichen Anstrengungen schilderte, die Aufnahme der A 17 in den Bundesverkehrswegeplan mit Dringlichkeitsstatus zu erreichen, das besaß eine Professionalität, die Hamm verblüffte. Hier, mitten in der tiefsten Provinz, wo man Schlepper fahrende Deppen wie aus den Fernsehkomödien mit Jan Fedder vermutete, genau hier wurde ein richtig großes Rad gedreht.

Oder ein Ding?

„Ironischerweise arbeiten die Wirtschaftskrisen nicht gegen, sondern für uns", sprach Cassens ins Mikro. „Es wird weiterhin reichlich Geld in den Straßenbau fließen. Viel mehr, als vor ein paar Jahren geplant, zwecks Konjunkturförderung."

„Wie damals bei Adolf!", rief ein Kammermitglied, das

nah am Podium saß und offenbar etwas zu tief ins Glas geschaut hatte. Es überraschte Hamm nicht mehr, dass er auch diese Gestalt bereits aus Ägypten kannte. Heinz Erhardt der Zweite! Wenn er genau hinschaute, würde er vermutlich die ganze Gröhltruppe aus Marsa Alam im Raum verteilt entdecken.

Cassens überging den launigen Einwurf elegant. Man müsse die Gunst der Stunde nutzen. Das Primat der Ökonomie einfordern, solange der Markt siechte und die Menschen darunter litten. Übertriebene Vorstellungen von Tier-, Natur- und Landschaftsschutz über Bord werfen, denen man sich in besseren Zeiten immer noch zuwenden könne. First things first. „Eine Tüpfelralle oder ein Schleichenlurch sind natürlich ungemein sympathische, nützliche Tiere. Aber sie müssen halt ein klein wenig zusammenrücken, damit die Autobahn Platz hat." Und schon hatte er die Lacher eingesammelt. „Die Menschen in unserem Landkreis werden bald an einer Wohlstandsachse leben", rief er unter dem Jubel der Anwesenden.

Hamm fiel der Spruch von den blühenden Landschaften ein, der einen Parteifreund von Cassens unsterblich gemacht hatte. Er hatte genug gehört. Hamm stand auf und stieß dabei gegen seinen Stuhl, was ein lautes Geräusch bewirkte. Köpfe wandten sich ihm zu. Er war sicher, dass Gillmann ihn erkannt hatte. Gättcke auch? Vermutlich nicht. Der Autobahn-Enthusiast saß auf der anderen Saalseite. Ansonsten verlief Hamms Rückzug geordnet. Als er ins Auto stieg, musste er plötzlich grinsen. Mann, Mann! Die Verfilzung von Wirtschaft und Politik war in dieser Gegend offenbar genauso, wie Lieschen Müller sie sich nach 300 handelsüblichen Fernsehkrimis vorstellte. Vielleicht sogar noch etwas platter.

Er wählte für die Rückfahrt eine Strecke über Moorstraßen dritter Ordnung, wo weder Alkohol- noch Geschwindigkeitskontrollen zu fürchten waren, trat beherzt aufs Gas und war eine halbe Stunde später zu Hause. Susi sprang ihm auf den Schoß, als er aus dem Auto steigen wollte. Eine Nachbarin hatte sie unter der Woche gefüttert. Aber so eine Katze verlangte mehr als nur Futter.

Am nächsten Morgen hing er am Telefon. Neun Uhr hier, das war zehn Uhr in Marsa Alam – da musste Helen im Dienst sein. Eine PR-Lady war immer im Dienst, genau genommen, zumal eine chronisch unterbeschäftigte wie sie. Es läutete zweimal, dann war sie am Handy.

„Helen? Hier ist Bernhard Hamm von Transwelt, erinnern Sie sich an mich?"

„Certainly! Bis das Ressort endlich mal so brummt, dass ich mich nicht mehr an die Namen der Gäste erinnern kann, wird noch etwas Wasser den Nil hinunter fließen", witzelte Helen.

Hamm machte Small-talk, fragte nach der Belegungsrate des Hotels, die Helen als unverändert finster angab, allerdings mit aufgehellter Perspektive. Dann kam er ins Flunkern und damit zu seinem Anliegen. Transwelt sondiere, behauptete er, Package-Touren für Geschäftsreisen ins Residence und in andere Hotels. Exklusive Angebote für kleine Gruppen. Wie jene aus Norddeutschland, die bei seinem Besuch im Hotel am Roten Meer gewohnt hatte. Ob Helen ihm Daten über deren Reise mailen könne, Teilnehmernamen, Preise, Programm, Ausflüge? Und ob der Hotelfotograf auch bei dem Dromedarausflug der Truppe in die Wüste Aufnahmen gemacht habe, wie üblich bei solchen Ausflügen? Ob sie diese Bilder anhängen könne? Sie wären wichtig für die Angebotspräsentation von Transwelt.

Helen, offenkundig froh, der lähmenden Untätigkeit für ein Weilchen entrinnen zu können, versprach prompte Erledigung. Schon am Nachmittag lag ein Paket mit Sprengstoff in seinem Rechner. Eine Liste mit zwölf Namen, von denen er vier kannte: den von Gättcke, den des Bundestagsabgeordneten Cassens, den des Samtgemeindebürgermeisters Manfred Deike und den eines hochrangigen Verwaltungsexperten namens Willy Cohrs, der für Bauplanung und Infrastruktur zuständig war. Die zwölf Apostel der Autobahn, dachte Hamm. Er zweifelte nicht daran, dass die anderen acht Namen auf der Liste sämtlich zu Persönlichkeiten gehörten, die sich um die Promotion der geplanten Fernstraße A 17 verdient gemacht hatten. Beziehungsweise verdient machen sollten.

Das war Dynamit! Zumal eine beigefügte Fotostrecke die als Beduinen kostümierten Herren bei feuchtfröhlicher Unterhaltung im Wüstencamp zeigte. Helen hatte in ihrer E-Mail angemerkt, dass auch eine DVD von der Wüstensause vorhanden war. Sie könnte sie ihm bei Bedarf zusenden. Er würde der Engländerin bei Gelegenheit ein Paket mit Lebensmitteln schicken, die sie an ihre grüne, kühle Heimat erinnerten. Shortbread und Marmite und eingeschweißte Schweinswürstchen für das Frühstück. Etwas in der Art.

Die Namensliste und die Fotos musste ein Fachmann der lokalen Verhältnisse sehen. Einer wie Kurt Gillmann. Hamm rief den Chefredakteur des Küstenboten am späten Nachmittag an, weil er annahm, dass dessen am Freitagabend erworbener Kater sich erst spät verflüchtigt haben würde. Tatsächlich klang Gillmann noch etwas angeschlagen. Aber er wurde schnell munter, als ihm Hamm den aufziehenden Skandal skizziert hatte.

„Gättcke? Logisch. Cassens? Auch klar. Der ist für die Lobbyarbeit in Hannover und Berlin unentbehrlich. Macht dort dauernd Druck, die A 17 vorrangig in den Bundesverkehrswegeplan zu heben. Aber Cohrs? Wäre ich nicht drauf gekommen, der gilt als ein Grundguter. Unbestechlich. Für den hätte auch ich die Hand ins Feuer gelegt."

„Tja, die Welt ist verdorben. Nicht nur in Palermo. Insgesamt hat Gättcke 36.000 Euro für die Gruppenreise auf den Tisch geblättert, abgerechnet über eine seiner Unterfirmen. Alles wasserdicht mit Namen, Terminen und Rechnungskopien belegt. Ist dir klar, was das bedeutet? Du kannst mit diesen Dokumenten zum Spitzenenthüller des Nordens werden. Ich hab auch schon einen Titel für deinen Knüller: ‚Eine Autobahn um jeden Preis'."

Hamm konnte sich lebhaft vorstellen, wie es jetzt in Gillmann arbeitete. Einerseits wünschte er nichts sehnlicher, als einmal einen Scoop zu landen, der ihn wenigstens lokal berühmt machen würde. Einmal vom Abendblatt zitiert werden! Einmal im Morgenprogramm des NDR interviewt werden! Vielleicht sogar im Dritten Fernsehprogramm des NDR auf der roten Couch sitzen und erzählen, wie er allein, der unbestechliche Gillmann, einem ungeheuerlichen Komplott auf die Spur gekommen war? Hatte er nicht mit seinen andeutungsvollen Berichten über den mysteriösen Unfall und über den Tod des BI-Anführers Clemens Waschnewski schon früh das Fundament für den Knüller gelegt? Der Fall Neue Heimat, die Parteispendenaffäre, der Nürburgring-Skandal, hatten sie nicht auch so angefangen? Vielleicht sah er sich schon auf einem Podium stehen, den renommierten Wächter-Preis für investigativen Journalismus in der Hand.

Andererseits klackerte es jetzt wohl in seinem Gehirn. Welche Anzeigen waren da möglicherweise bedroht? Litt nicht auch der Bote schwer unter der Anzeigenflaute? Würde sich Gillmann am Ende nicht verheben und seinen schönen Job loswerden? Auf jeden Fall hatte er in so einer Sache nicht allein zu entscheiden. Er würde mit seinem Verleger, diesem Pfennigfuchser und Erbsenzähler, über die Sache reden müssen. Hamm war daher nicht erstaunt, als ihn Gillmann vertröstete.

„Schick mir das Zeug rüber. Ich prüfe es, so gut ich kann und gebe dir Bescheid, ob wir daraus was machen können."

„Okay, Kurt, du hast das Zeug in einer Minute. Persönlich, vertraulich, klar? Und sag mir schnell Bescheid, ob du die Sache anfassen wirst oder nicht. Ist vielleicht für den Spiegel zu klein, aber allemal groß genug für das Abendblatt."

Den Stachel musste er setzen. Das Abendblatt mit seinem opulenten Lokalteil war ein ständiger Pfahl im Fleisch des Küstenboten. Viele im Kreis verzichteten inzwischen auf das Lokalblatt, weil auch das Abendblatt die Region – zumindest oberflächlich – mit Nachrichten versorgte. Gillmann wusste, er war nicht der einzige Fisch im Meer. Im Hintergrund lauerte auch noch die „Nordmeer-Zeitung", die den Bereich von Bremen bis Oldenburg abdeckte. Gillmann konnte sich aus der Sache raushalten, und er mochte sogar gute Gründe dafür haben. Aber er würde es schwer bereuen.

Würde er?

„Man sollte alle Tage wenigstens ein kleines Lied hören, ein gutes Gedicht lesen, ein treffliches Gemälde sehen, und wenn es möglich zu machen wäre, einige vernünftige Worte sprechen."
Johann Wolfgang von Goethe

8

Im Alten Ewer herrschte eine Stimmung wie nach der geplatzten Wahl eines Ministerpräsidenten. Alles hühnerte herum, schnatterte, erging sich in Spekulationen, sonderte Verschwörungstheorien ab. Eigentlich hatte die BI gegen die A 17 das Lokal für diesen Abend gemietet. Aber die Dinge waren aus dem Ruder gelaufen. Wer rein wollte, kam rein. Und viele wollten. Der Laden war die Nachrichtenbörse der Gegend, und im Moment waren alle heiß auf Nachrichten.

Gillmann hatte seinen Enthüller gut platziert. In der viel gelesenen Samstagausgabe des Boten, die auch von den Zugereisten in ihren Reet gedeckten Wochenendhäusern wahrgenommen wurde, füllte sein Bericht „Eine Autobahn um jeden Preis?" die gesamte erste Seite des Lokalteils. Die Ausgabe musste der Bestseller der letzten Jahre gewesen sein, den Exemplaren nach, die allein im Ewer auf den Tischen lagen.

Es war aber auch zu schön, wie die Großkopfeten der Region da vorgeführt wurden. Süffisant hatte Gillmann den Besuch, so wörtlich, „eines Dutzend Verkehrswirtschaftsweisen im Morgenland" ausgemalt, basierend auf dem Bericht über die Sauftour, den ihm Hamm geliefert hatte. Plus Zahlen über die Kosten des Ausflugs, die ebenfalls von Hamm stammten. Als Fangschuss gab es Fotos. Auf denen waren die ertappten Lokalmatadore bei Auftritten im Kreisgebiet zugunsten der A 17 zu sehen, alle in gedeckten Anzügen. Ebenso in Beduinen-Verkleidung am ägyptischen Lagerfeuer, und zwar vor einer bauchtanzenden Wüstentochter. Eine für die Leser höchst amüsante, für alle Abgelichteten äußerst kompromittierende Story. Gillmann hatte offenbar grünes Licht von der Verlegerfamilie bekommen. Was im Klartext hieß, dass Gättcke kein großer Inserent beim Boten sein konnte. Anderenfalls ihn Gillmann gewiss schonender behandelt hätte.

So aber hatte er sich regelrecht auf Gättcke eingeschossen. Der Spediteur war es offenbar, welchen Gillmann gemeint hatte, als er Hamm gegenüber von Leuten „mit bestimmten Interessen" geunkt hatte. Leuten, denen manches zuzutrauen sei. Im Artikel stand eine hübsche Auflistung von Gättckes Landkäufen, die der Spediteur schon vor Jahren getätigt hatte. Damals war offenbar in seinen Kungelkreisen durchgesickert, dass die Trassenführung 2 von den Planungsbehörden favorisiert wurde. Sie verlief weiter südlich als eine andere, ebenfalls angedachte Variante 1.

Gättcke hatte daraufhin nahe einer Stelle, wo eine Autobahnabfahrt geplant war, eine riesige Basis für seine Spedition errichtet, die einstweilen verkehrstechnisch noch schlecht angebunden war. In der Nähe hoben Bagger bereits die nächste Baugrube aus. Daraus sollte ein großer Autohof für LKW, Busse und Autos erwachsen, mit angeschlossenem 100-Zimmer-Hotel, Tagungszentrum, Restaurants und Schnellimbissen. Gättcke hatte dafür Investoren ins Boot geholt, da dieses Projekt für ihn allein eine Nummer zu groß war.

Aber alles hing für ihn nun daran, dass die Autobahn zügig gebaut werden würde. Und zwar in der Variante 2. Wichtig war, dass es den Umweltaposteln nicht immer wieder gelang, die öffentliche Meinung mit allerlei Gutachten gegen den Autobahnbau zu beeinflussen. Ferner durften keine Skandale das Vorhaben in Misskredit bringen, bevor es endgültig von den Verkehrspolitikern und den Planungsbehörden abgesegnet war.

Den Autobahngegnern hatte die Front der Befürworter zuletzt relativ erfolgreich Paroli geboten. Ihre Wirtschaftskarte – blühende Landschaften! – war letztlich kaum zu übertrumpfen. Nicht in einer strukturschwachen, von Abwanderung geplagten Region. Aber ein dicker, dummer Bauskandal konnte Untersuchungsausschüsse auf den Plan rufen. Das ganze Projekt verzögern, Gättckes Kalkulationen über den Haufen werfen.

Dieser Fall war nun eingetreten. Nichts hätte dem Spediteur ungelegener kommen können. An der falschen Stelle gespart, Freund Hein, dachte Hamm grimmig. Hättest von deiner vielen Kohle vorsorglich auch dem Boten was rüber schieben sollen. Sogleich ärgerte er sich über seine Schadenfreude. Arbeitete die Geschichte, die er da angeleiert hatte, nicht den falschen Leuten in die Hände? Jenen, die aus ganz eigennützigen Gründen gegen die Autobahn kämpften, aber so taten, als ginge es ums Gemeinwohl?

Die Stimme, die ihn von der Seite anrief, kam wie aufs Stichwort. „Hamm, Menschenskind! Sie hier im Zentrum unseres heldenhaften Widerstands? Kommen Sie, setzen Sie sich zu uns!“ Die gönnerhafte, leicht theatermäßig tremolierende Stimme gehörte Rolf Schleicher. Hamm kannte ihn seit langem und hatte ihn noch nie gemocht. Der ehemalige Chefredakteur und heutige

Allround-Publizist besaß ein Haus in der Gegend. Was heißt ein Haus – ein Anwesen war das, mit Bio-Obsthof, Galloway-Rindern, Kräutergarten, Reitstall und einer wunderbaren alten Buchenallee an der Auffahrt, die es als Nebel verhangenes Symbolbild in den Wetterbericht des ersten Fernsehprogramms geschafft hatte.

Das Anwesen war von der projektierten Autobahn nicht direkt betroffen. Es lag gut 15 Kilometer südlich des Verlaufs der Trassenvariante 2. Aber Schleicher profilierte sich seit Jahren auch als altersweiser Öko-Guru, der die Grenzen des Wachstums schon erkannt haben wollte, als noch kein Hahn nach ihnen krähte. Autobahnen, postulierte er, seien von gestern. Dem Fahrrad und dem öffentlichen Nahverkehr gehöre die Zukunft. Wie man damit auf dem Land klar kommen sollte, blieb sein Geheimnis. Jedenfalls wetterte Schleicher wortmächtig in Kameras, Mikros und Notizblöcke seiner Ex-Kollegen, wenn es um das „Monster aus Beton" ging, die A 17. Der Mann mit der schlohweißen Mähne – sein Markenzeichen – schien durch die Autobahnplanung politisch ergrünt zu sein.

Er war eine der wenigen prominenten, bundesweit bekannten Figuren, die sich zwischen Elbe und Weser niedergelassen hatten. An seinem Status als lokaler Medienfürst ließ er keine Zweifel aufkommen. Er unterhielt gute Beziehungen zu Politikern, Künstlern und Leuten, die er gerne als „denkende Elite des Landes" pries. Darunter verstand er Trendforscher, Gesellschaftsanalysten und andere Leute, die sich den politischen Parawissenschaften verschrieben hatten und als stets abrufbare Orakel in diversen Medien herumspukten.

Schleicher war schon fast siebzig, aber sein Einfluss war nicht zu unterschätzen. Irgendwo war er immer auf Sendung. Oder präsentierte ein Buch oder hielt vor einem Gremium selbsternannter Stützen der Gesellschaft eine Sonntagsrede. In letzterer ging es meist um „wehrhafte Demokratie“, die „Zivilgesellschaft“ und einen unvermeidlichen „Citoyen“, der sich für beide gefälligst ins Zeug zu werfen habe. Schleicher war für Hamm der Inbegriff des billigen, wenn auch nicht preiswerten Gutschwätzers. Seine Rednertätigkeit ließ er sich hübsch vergolden. Unter 5000 Euro trat er nicht vors Mikrofon.

Hamm warf einen Blick hinüber zu dem großen Rundtisch, wo außer Schleicher auch Nele mit ihrer Freundin Silke saß, ferner Piet Brunkhorst. Der Tisch war voll mit Flugblättern über anstehende Protestaktionen gegen die A 17, bei denen hunderte von Luftballons mit der Aufschrift „Autowahn, nein danke“ aufsteigen würden. Formulare forderten zum Beitritt in einen „Schutz- und Klagefond“ gegen das Straßenprojekt auf. Ein Stapel mit Vordrucken für juristisch korrekte Einwendungen gegen das Planfeststellungsverfahren, gerichtet an das Landesamt für Straßen und Verkehr in Hannover, war schon arg zusammengeschmolzen. Kein Zweifel, die Leute von der BI hatten ihre Hausaufgaben gemacht.

Zwei jüngere Männer saßen auch am Tisch. Einer von ihnen hieß Marc Schneider, wenn sich Hamm richtig erinnerte. Er war freier Journalist, der für einige Print- und Onlinemedien arbeitete, aber nicht so recht auf einen grünen Zweig kam. Er war ein zäher Rechercheur. Gillmann hielt viel von ihm. Wenn es komplizierte Fälle zu recherchieren gab und sein Redaktionsetat es zuließ, schob er Schneider Aufträge zu. „Der ist wie ein Marder“, pflegte er zu sagen.

Und außerdem war da noch Heide Lürssen. Wie immer ohne ihren Mann. Sie war deutlich älter als Yvonne, kam Hamm aber ungleich attraktiver vor. Sie trug halbhohe, ziemlich spitze Schuhe zu schwarzen Röhrenjeans und ein tailliertes Nadelstreifenjackett über einem schneeweißen, ausgeschnittenen T-Shirt. Ihre Rechte lag auf dem Tisch. Die Finger klimperten leichthin (oder trommelten sie ungeduldig?) in regelmäßigen Abständen auf dem rustikalen, vom langjährigen Gebrauch gebeizten Holz. Hamm war fasziniert.

Wo sie saß, war es trotz Schleicher auszuhalten, befand er.

„Der große Schleicher höchstselbst", konterte Hamm das joviale Blöken des Publizisten und hoffte, seine Stimme würde ironisch genug klingen. „Bin enthusiasmiert, setze mich kurz für ein Kaltgetränk. Yvonne?" Er machte dem blonden Bomber hinter dem Tresen ein Zeichen, das Bier bedeutete. Yvonne strahlte durch den ganzen Raum und griff nach einen Glas. Hamm wandte sich Schleicher zu.

„Was halten Sie von dem Scoop unseres Heimatblattes?"

„Beinahe professionell", sagte Schleicher gnädig. „Werde dafür sorgen, dass die Sache ein bisschen Rückenwind in den Qualitätsmedien kriegt."

Typisch für ihn. Was für ein arroganter Arsch und Aufschneider! Hamm war wie immer perplex über Schleichers Anmaßungen. So war er schon gewesen, als Hamm in Hamburg als Lektor gearbeitet und mit ihm gelegentlich zu tun gehabt hatte. Schleicher war kurzzeitig auch mal Berater des Bürgermeisters gewesen, hatte dessen Buch „Klar Kimme – Visionen für eine Weltstadt" als Ghostwriter verfasst und Hamms Verlag angeboten. Hamm erinnerte sich an die Zusammenarbeit. Unerfreulich war sie gewesen.

„Die sogenannten Qualitätsmedien, werter Ex-Kollege, sind bereits eingestiegen", konterte Hamm. „Der

Casus schlägt online schon bis nach Passau Wellen. Morgen, spätestens übermorgen ziehen die Printmedien nach, wetten?" Er grinste. „Aber vielleicht haben Sie Gelegenheit, darauf bei nächsten ‚Nordtalk' einzugehen?"

Touché! Schleichers selbstgefällige Miene vereiste. Er moderierte die einfältige Regional-Talkshow gelegentlich, war aber nicht eben stolz darauf. Doch sein Geltungsdrang, verbunden mit Geldgier, ließ ihn auch wenig glamouröse Jobs annehmen. Eigentlich tat er für Geld alles. „Erb-Schleicher" war sein Spitzname, seit er nach der Wiedervereinigung in einem vielbeachteten Prozess hohe Summen als Kompensation für die 1949 enteigneten Latifundien seiner Familie erstritten hatte.

Nele wandte sich an Hamm. „Jetzt ist uns Gillmann mit seiner Geschichte ja quasi zuvorgekommen." Sie drückte mit der rechten Hand den Unterarm von Silke, als müsste sie die Freundin vor etwas beschützen.

„Was meinst du mit zuvorgekommen?"

„Also, das Material aus dem Schiff von Waschnewski hat es in sich. Wir haben das Zeug von hinten bis vorne durchgearbeitet" – sie sah Silke stolz von der Seite an – „und können auch einen netten Skandal anbieten. Allerdings ist der fast noch einen Tick schöner."

„Wie schön?"

Nele senkte die Stimme. „Es geht um bezahlte Pufftouren. Wie damals bei VW, erinnerst du dich? Nur mussten die Herren nicht bis nach Rio fliegen. Die kamen schon in Hamburg ans Ziel ihrer Wünsche. Genauer gesagt in St. Pauli."

„Mach's nicht so spannend. Welche Herren?"

Nele sah in die Runde. Niemand am Tisch schien zuzuhören. Heide Lürssen war in ein Gespräch mit einer Frau vertieft, die Hamm nicht kannte, die er aber der

Bürgerinitiative zuordnete. Brunkhorst las in einem Flugblatt und pumpte dazu stoßweise Bier ab. Schleicher redete mit einem neu eingetretenen Gast, in dem Hamm einen Kreisrat erkannte, der an vielen Planungsverfahren der Region beteiligt war. Allerdings nicht bei der A 17.

„Sitzt du gut? Es geht um Cassens und Cohrs. Den Bundestagsabgeordneten und den Verwaltungsmenschen. Und noch um einen dritten Mann namens Schulz, einer aus Berlin. Der ist da Staatssekretär. Ausgerechnet im Verkehrsministerium." Nele lachte dunkel. Männerhumor war ihr nicht fremd. „Der vierte im Bunde ist Walter Uthenfeld, Geschäftsführer der IHK. Der hat die Sause für die Herren in einem St.-Pauli-Etablissement namens ‚Plaisir' bezahlt. Ob er auch mitgefickt hat, wissen wir nicht."

Hamm ertappte sich dabei, dass ihm derbe Begriffe für den Geschlechtsverkehr aus dem Mund von Frauen nicht gefielen. Aber er musste ja nicht mit Nele leben.

„Und dafür gibt es Belege? Quittungen, Unterschriften und so was?"

„Es gibt Bewirtungsbelege, ausgestellt von einer unverdächtig klingenden Howereit KG. Die wiederum der Firmenmantel für eine Reihe von teuren Bumsläden ist, unter anderem für das ‚Plaisir'."

„Woher hatte Waschnewski das alles?"

„Clemens war über seine Kunst-Connections gut mit Ralf Möller verdrahtet. Diesem Unterhaltungs-Mogul von St. Pauli, du weißt schon. Der hat außer Theatern und Musikclubs auch ein paar stinknormale Sexschuppen laufen. Ihm gehört die Howereit KG. Keine Ahnung, wie er auf die Party unserer Autobahnfreunde gestoßen ist. Vielleicht ist er über die Höhe der Rechnung gestolpert. Das waren laut Belegkopie stolze 9600 Euro. Wie er darauf kam, Waschnewski die Sache zu stecken – keine Ahnung. Vielleicht hat ihm Clemens von seinem Kampf gegen die Autobahn erzählt, dabei sind Namen gefallen und bei Möller hat's klick gemacht?"

Alles in Hamm sträubte sich, noch weiter in diesen Sumpf aus Korruption, Intrigen und Schmutzkampagnen verstrickt zu werden. Aber er musste einfach wissen, was als nächstes kam.

„Wie wollt ihr weiter vorgehen?", fragte er.

„Wir haben vorhin Schleicher informiert." Hamm verzog den Mund. „Der hat Verbindungen zu Magazinen und großen Zeitungen, sogar zum Fernsehen. Er sagt, wir sollen nichts übereilen. Er will uns helfen, das Ding ganz groß einzuschenken." Ganz groß einschenken. Die Formulierung stammt todsicher von Angeber Schleicher selbst, dachte Hamm. Na bitte. Soll er doch mal zeigen, was er draufhat. Ob er überhaupt noch was draufhat.

Hamm versetzte Nele einen freundschaftlichen Schubs mit der Schulter.

„Super. Viel Glück! Bei den nächsten Kommunalwahlen gibt's ein Großreinemachen in dieser Gegend."

Der Zufall wollte es, dass in diesem Moment die Frau, mit der Heide Lürssen geredet hatte, aufstand und sich verabschiedete. Die Buchhändlerin blieb allein am Tisch. Hamm schlenderte zur Theke, ließ sich von Yvonne einen Korn einschenken, wartete eine kurze Weile und ging dann zum Tisch zurück. Er hatte schon lange vorgehabt, mit der aparten Bücherfrau ins Gespräch zu kommen. Heute schien der Zeitpunkt günstig. Sie las in einem Flyer, der in Stapeln auf den Tischen lag. Las und kicherte in sich hinein.

„Darf ich mitlachen?", fragte Hamm.

Die Bücherfrau sah auf. „Wenn Sie meinen Humor

teilen, bitte sehr. Ich lese mal vor, was der Kunstverein über eine Kunstschaffende zu vermelden hat, deren Werke wir demnächst bewundern dürfen." Wieder kicherte sie. „Zitat: ‚Die Malerin richtet ihr Interesse auf den Malvorgang und weniger auf das fertige Bild. Durch ihr gestisch-prozessuales Vorgehen entsteht eine Malerei aus dem Unbewussten mit einer eigenen aus sich heraus entstehenden Ordnung. Die Bilder sind somit kein Ergebnis eines vorher gefassten Bildbeschlusses, sondern entstehen aus einem kontinuierlichen Prozess des Suchens und Verwerfens.' Zitat Ende. Wie finden Sie das, Herr Hamm?"

Sie kennt meinen Namen, dachte Hamm erfreut. Woher wohl? Dann fiel ihm ein, dass er vor nicht langer Zeit in ihrer schönen, verwinkelten Buchhandlung in der Kreisstadt, wo uralte Dielen knarzten und sich Regale unter der Last der mehr oder weniger schweren Kulturgüter bogen, einen seltenen Reiseführer bestellt hatte. Daher also. Er überlegte kurz, womit er sie beeindrucken könnte und entschied sich für die intellektuelle Nummer.

„Ich finde, das ist ein Text, der ungeheuer schwer herzustellen ist. Enzensberger hat mal geschrieben, es sei fast unmöglich, hundertprozentigen Unsinn vor sich herzubrabbeln. Weil das Sprachzentrum im Gehirn darauf programmiert ist, selbst dem totalen Gaga noch ein Minimum an sinnvoller Satzkonstruktion zu unterlegen. Wie man eben hörte, kann auch ein Enzensberger mal irren."

„Wer ist denn dieser Enzensberger?" Yvonne war es, die die Frage stellte. Sie hatte sich Hamm mit einem neuerlichen Korn auf dem Tablett genähert, obwohl er ihr noch kein Zeichen gemacht hatte. Yvonne liebte es, Hamm seine vermeintlichen Wünsche von den Augen abzulesen. Ihm wurde wieder einmal klar, warum er bei Yvonne unmöglich schwach werden durfte. Er würde ihr den Professor Higgins machen müssen. Und das war das Letzte von allem, was er mit Frauen gern tat.

„Niemand von Bedeutung, du Engel der Anschlussgebiete. Nicht für dich." Er nahm ihr den Korn vom Tablett und stellte ihn auf den Tisch. Die Bücherfrau sollte nicht denken, er sei dem Alkohol hörig.

„Darf ich mich setzen?", fragte er überflüssigerweise. Er saß bereits halb.

Hamm brachte das Gespräch mühelos auf ihr Metier, den Buchhandel. Auf den Buchmarkt, die Bücherwelt an sich. Es war Smalltalk, gewiss, aber einer der gehobenen Art, und er funktionierte wie perfektes Ping-Pong. Hamm verstand von früher genug von Büchern. Er kannte die aktuellen Trends, wie das Für und Wider des E-Books, aus den Feuilletons. Einen Moment lang überlegte er, ob er ihr sagen sollte, dass er mal als Lektor gearbeitet hatte. Er verwarf den Gedanken aber schnell. Vielleicht würde sie das Internet nach ihm befragen und herausfinden, dass er vor seiner Zeit als Lektor Journalist gewesen war. Zuletzt in einer etwas glücklosen Rolle, freundlich betrachtet.

„Vor kurzem hat ja eine Filiale dieser Großbuchhandlung in Ihrer Stadt aufgemacht. Spüren Sie das schon am Umsatz?"

Sie lächelte und brachte ihr Wellenhaar mit einem Kopfschütteln zum Schwingen. Hamm fand die Bewegung entzückend.

„Komischerweise haben wir kaum Einbußen durch Athena. Eigentlich gar keine. Die haben neue Leserschichten aufgetan. Die Kunden von Amazon zurück in die Läden geholt, wer weiß. Unsere sind uns jedenfalls bis jetzt treu geblieben."

„Ihr Laden hat ein gutes Flair", sagte Hamm. „Mir stellen sich die Härchen auf dem Arm auf, wenn ich durch die Gänge gehe. Kommt mir vor wie früher, als ich Kind war und mit meiner Mutter Käpt'n Konny-Bücher gekauft habe. Wissen Sie, diese Schmöker für Jungs von Rolf Ulrici."

„Haben wir im Antiquariat", lächelte Heide. „Die werden immer noch nachgefragt. Besitzen offenbar nostalgisches Potenzial."

„Wie Ihre ganze Bücherstube."

„Na, schieben sie uns mal nicht in die Schublade Schnee von gestern. Sicher, unser Laden wirkt altmodisch. Das soll er auch. Wir wollen kein Supermarkt sein wie Athena. Aber Sie kriegen bei uns auch Hörbücher und all das digitale Zeug. Und wenn die E-Book-Welle mal richtig anlaufen sollte, surfen wir natürlich auch auf der."

Wer ist wir?, fragte sich Hamm. Heide und ihr unsichtbarer Mann? Hockte der im Hinterzimmer des Büchertempels und machte die Leseratte? Hamm hatte außer Heide nur eine ältere Frau im Laden bemerkt, als er den Reiseführer abholte.

„Ich komme bald wieder mal vorbei", versprach er. „Habe eine ganze Liste mit Büchern, die ich brauche. Bis wann haben Sie abends geöffnet?"

Er nahm sich vor, erst kurz vor Ladenschluss aufzukreuzen. Um die Domina der Buchrücken nach getätigtem Einkauf ins Café gegenüber einzuladen, zwecks Vertiefung der Bekanntschaft. Sie war eine Dame der Kultur, belesen und bewandert in Klassik und Moderne. Man musste sie nach den Regeln der alten Schule behandeln. Mit Stil, Sorgfalt und Geduld. Gewissermaßen im entschleunigten Balzverfahren. Bei der durfte man nicht mit der Tür ins Haus fallen.

Dass er sich so täuschen konnte!

„There is no such thing as a free meal."
Englisches Sprichwort (frei übersetzt: Im Leben gibt es nichts umsonst.)

9

Es war schon spät, aber noch sommerlich hell, als er von seinem Bremer Büro nach Hause fuhr, wie immer durch das erotische Dreieck. So hatten Zeitungen über den bedauernswerten Landstrich gewitzelt, in dem Dörfer mit den Namen Rammeldorf, Fickstedt, Vrögeln und Blasenhausen unweit voneinander lagen. Wie konnte einer dort wohnen, der ernst genommen werden oder gar Geschäfte machen wollte? Der womöglich eine Homepage besaß? „Bernhard Hamm, 21777 Fickstedt." Ging gar nicht. Wie aus Rache für den Spott, dem sie andauernd ausgesetzt waren, hatten drei der Eros-Dörfer Radarfallen aufgestellt. Hamm hatte die Standorte längst verinnerlicht.

Kurz hinter dem Blitzkasten von Vrögeln, der tückischerweise kurz vor dem Dorfende stand, sah er eines der Stellschilder, die ein dubioser „Förderkreis A 17" finanziert hatte und die überall im Landkreis verkündeten: „Autobahn schafft Wohlstand! Ja zur A 17!" Darüber ein Foto von Dr. Hinnerk Cassens, Bundestagsabgeordneter. Der Amigo von Hein Gättcke ließ keine Gelegenheit aus, für die schnelle Straße zu trommeln. Den Förderkreis, es war ein offenes Geheimnis, finanzierte Hein Gättcke.

Hamm fiel ein, dass hier, ganz in der Nähe von Vrögeln, die Autobahn verlaufen würde, wenn sie denn realisiert werden sollte. Genauer gesagt, die A 17 in ihrer zweiten, der nördlichen Variante. Unweit von Vrögeln sollte auch eine der Anschlussstellen gebaut werden. Genau da lag Gättckes Beritt: seine Spedition und die Baustelle für den gigantischen Autohof, von denen Hamm gehört hatte.

Seine Neugier hatte noch immer die Oberhand behalten, wenn sie erst einmal geweckt war. Die Autobahn, ihre Gegner und ihre Vorkämpfer waren in sein Oberstübchen als Untermieter eingezogen, stellte er fest. Er entschloss sich zu einem Spontanbesuch der Gättckeschen Projekte. Sein iPhone suchte die Speditionsadresse heraus, das Navi errechnete eine Route. Sechs Minuten hinter Vrögeln erreichte er die Zufahrt zur Spedition.

Es handelte sich um eine gewaltige Anlage, für die der Geestboden auf vielen tausend Quadratmetern planiert worden war. Umgeben von einem bewaldeten Hang waren da Lagerhallen, Parkplätze, eine Waschanlage für Lastkraftwagen, ein Verwaltungsgebäude – und jede Menge Sattelschlepper und LKW-Gespanne mit der Aufschrift „Gättcke – wenn's eine Frage der Zeit ist".

Hier sollte die große Stunde des Spediteurs schlagen, sobald die Warenströme von und nach Osteuropa und Skandinavien über die Autobahn fließen würden. Gättcke hätte dann eine logistische Pole-Position, dank der er sich vor Frachtaufträgen kaum würde retten können. Bis jetzt freilich war seine Basis nur ein Wechsel auf die Zukunft. Zur nächstgelegenen Autobahnauffahrt mussten sich seine Laster im Moment noch 60 Kilometer mühsam über schmale, schlechte Landstraßen quälen.

Vorerst muss er wahrscheinlich unablässig Geld zusetzen, schätzte Hamm.

Er sah sich um. Wo war die Autohof-Baustelle? Er fuhr einige Kilometer kreuz und quer über holperige Wege, bis er sie fand. Die riesige Baugrube, in die man ein Spaßbad der XXL-Klasse hätte hineinbauen können, lag inmitten einer Heidefläche. Es gab bereits Verschalungen, aber der größte Teil des Grundes bestand noch aus Sand und Erde. Unten stand Wasser. Wie hoch, war nicht zu erkennen. Ein dumpfes Geräusch lag in der Luft. Hamm ahnte, dass es das Geräusch einer Pumpe war, die verhinderte, dass die Baugrube zulief.

Ansonsten war es vollkommen still. Kein Baggerlärm, nichts. Weit und breit keine Arbeiter zu sehen. Nur eine Lärche in der Luft stieß jubilierende Hochtöne aus.

Das gesamte Bauvorhaben ruhte. Hatte man eine Pause eingelegt, weil das A 17-Projekt nur zäh vorankam? Waren Gättckes Ko-Investoren bereits abgesprungen?

Hamm parkte den Wagen neben der Einfahrt zur Baustelle und stieg über das Gattertor, ein Verbotsschild missachtend. Leere Baustellen hatten ihn schon in seiner Jugend fasziniert. Sie verströmten einen Hauch von Westernfilmen, in denen verlassene Minen Gefahren und Geheimnisse bergen. Man konnte dort nirgends sicher sein. Jederzeit konnte sich der Boden auftun, ein Hang einstürzen.

Offenbar waren die Arbeiten nur unterbrochen, aber nicht abgeblasen worden. Hamm sah Bagger und Raupenfahrzeuge auf dem Gelände. Er ging über die staubigen Fahrspuren zum Rand der Grube, die immer größer zu werden schien, je näher man kam. Was für ein Vorhaben! Würde es 100 Millionen verschlingen? Oder 150? Das gesamte Areal, von dem die Baugrube nur einen Teil ausmachte, erinnerte ihn von der Dimension her an den riesigen Autohof Geiselwind in Nordbayern. Der war seit vielen Jahren eine Goldgrube. Er lag an einer viel befahrenen Autobahn. Lage, Lage, Lage. Sie allein war es, die bei solchen Vorhaben zählte.

Links von der Zufahrt, fast überwuchert von Gebüsch, stand ein Holzschuppen, der wohl nicht erst zu Beginn der Ausschachtungen errichtet worden war. Zu verwittert war das Holz, zu windschief die Fenster. Was war das mal gewesen? Eine Jagdhütte? Hamm drückte die rostige Klinke nieder, aber die Tür blieb verschlossen. Durch ein halbblindes Fenster spähte er ins Innere. Es dauerte etwas, bis sich seine Augen auf das Dunkel eingestellt hatten. Sieh mal an! Was den halben Schuppen ausfüllte, war ein Auto. An dem markanten Gummikragen erkannte er, dass es ein älteres Saab Cabrio war.

Ein Saab Cabrio? Hier, am Rande einer verlassenen Baustelle? Was war das denn? Ein Zwischenlager polnischer Autoklauer? Wohl kaum. Nur ein Vollidiot würde eine geklaute Kiste auf einer Baustelle abstellen, wo Arbeiter sie jederzeit finden konnten. Jemand, der zum Betrieb gehörte, musste den schwedischen Klassiker hier geparkt haben. Zu welchem Zweck?

Hamm verfluchte sich, während er instinktiv nach Werkzeug suchte, um die Schuppentür zu knacken. Einbrüche und Artverwandtes hatten ihn sein ganzes, ansonsten vollkommen bürgerliches Arbeitsleben begleitet. Und ihn mehrfach in die Bredouille gebracht. Warum konnte er es einfach nicht lassen? Würde er niemals schlau werden? Eigentlich hätte einer wie er Sicherheitsverwahrung verdient, da nicht resozialisierbar.

Schnell fand er ein Stück Rohr, das an einem Ende zusammengepresst worden war. Er schob das Ende zwischen Tür und Angel und übte Druck auf den Hebel aus. Mit einem Ächzen sprang die Tür aus dem Schloss, erstaunlicherweise kaum beschädigt. Hamm trat in den Schuppen. Der Wagen war eingestaubt, schien aber fahrbereit. Er war angemeldet, TÜV und ASU waren noch nicht abgelaufen. Er ging um das Fahrzeug herum. Tadelloser Zustand. Was hatte ein solches Auto in einem Schuppen in der Pampa zu suchen?

Halt! Er stutzte. Am rechten vorderen Kotflügel schien etwas nicht in Ordnung zu sein. Eine dicke Beule war da erkennbar. Ein Scheinwerferglas war beschädigt. Hamm konnte schlecht sehen im Halbdunklen. Er tastete die rechte Frontpartie ab. Oha, das musste hübsch gekracht haben! Andererseits war es nun aber auch kein Totalschaden, beileibe nicht. Kein Grund, das schöne Auto nicht reparieren zu lassen. Hamm wusste, dass Saab Cabrio-Fahrer meist sentimental an ihrem Wagen hingen, der für sie das grundgute, moralisch vermeintlich porentief saubere Image Skandinaviens repräsentierte. Dafür ignorierten sie tapfer, dass die Marke inzwischen zu einem anderen Auto-Bauer gehörte und die Zeit, da sie für pfiffige Innovationen stand, längst Geschichte war.

Sehr seltsam, das Ganze! Aus einem plötzlichen Gefühl heraus machte er mit seinem Handy ein Foto von dem Blechschaden und hoffte, es würde trotz des Schummerlichts im Schuppen etwas auf dem Bild zu erkennen sein. Er schoss auch noch eine Totale von der gesamten Frontpartie, inklusive des Autokennzeichens CUX–R 407. Vielleicht war der Wagen gestohlen? Autodiebstähle, die größtenteils auf das Konto ausländischer Profis gingen, hatten im Kreisgebiet in den letzten Jahren deutlich zugenommen. Die Furcht vor noch mehr Autoknackern und Hauseinbrechern war, so erinnerte sich Hamm, einer der Gründe, warum viele im ländlichen Raum den Bau einer neuen Autobahn fürchteten. Kriminelle, das hatte sich herumgesprochen, bevorzugten Tatorte in der Nähe schneller Verkehrswege.

Als er aus dem Schuppen treten wollte, sah er von links

einen Mann auf sich zukommen. Der Mann war noch ziemlich weit entfernt, aber Hamm erkannte eine Uniform. Ein Wachmann zweifellos, der auf die Baufahrzeuge aufpasste. Hamm glitt in den Schuppen zurück, aber es war zu spät.

„He, Sie da!"

Zweifellos lief der Wächter jetzt auf den Schuppen zu. Hamm überlegte keine Sekunde. Wenn er erwischt wurde, hatte er eine Anzeige wegen Hausfriedensbruchs am Hals. Sein Auto stand rechts vom Schuppen, also hatte er eine Chance. Er rannte über den Sandweg in Richtung des Baustellentors, etwas behindert durch die Straßenschuhe mit den glatten Sohlen. Einmal blickte er kurz über die Schulter. Der Wachmann hatte aufgeholt. Er war jetzt nur noch gut fünfzig Schritte hinter ihm.

„Stehen bleiben! Sofort stehen bleiben!"

Hamm kletterte wie von Pitbulls gehetzt das Gatter hoch, verlor oben das Gleichgewicht und stürzte auf der anderen Seite zu Boden. Er rappelte sich fluchend auf, entriegelte seinen Wagen mit dem Funkschlüssel, warf sich hinter das Lenkrad und gab Gas. In einer Sandwolke preschte der Wagen davon. In Rückspiegel sah er, wie der Wachmann etwas in sein Walkie-Talkie rief. Der Mann hatte sich nicht die Mühe gemacht, das Gatter zu überwinden. Aber er hatte Hamms Autonummer erkannt, soviel war klar. Vielleicht waren auch Videokameras installiert, die seine Flucht dokumentierten.

Die Sache würde für ihn ein Nachspiel haben, fürchtete Hamm.

Wie Recht er damit hatte, war ihm in diesem Moment noch nicht klar.

„Was habe ich dir in der Ausbildung beigebracht?
Man stellt nie Fragen, deren Antwort
man nicht bereits weiß."
Der alte Anwalt zu Paul Newman in „The Verdict"

10

„Lass mich raten – sie hat Torschlusspanik und will in den Hafen der Ehe. Mit dir. Und zwar beide Maschinen voll voraus!"

„Quark", knurrte Hamm. „Sie ist schon verheiratet. Wohl nicht sehr glücklich, aber immerhin."

„Dann ist sie eine Nymphomanin, die alles zwanghaft vernaschen muss, was nicht bei drei auf den Bäumen ist. Klinischer Fall, sozusagen."

„Dumm Tüch. Solche Frauen gibt es nur in Pornos. Und speziell an dieser ist nun überhaupt nichts zwanghaft. Geschweige denn klinisch. Habe selten jemanden getroffen, der so entspannt im Hier und Jetzt schwebt und dabei nicht mal einer Sekte angehört."

„Dann bleibt nur noch eine Möglichkeit. Es liegt einfach an dir…"

„An mir? Inwiefern?"

„Insofern, dass du wahrscheinlich eine Ausstrahlung hast, die jede Frau sofort umhaut. Es ist diese Mischung aus Gefühl und Härte, die du schon auf der Uni hattest."

„Gewühl und Hertie, haben wir das seinerzeit genannt."

„Ja, dieses verstehend Sensible, aber doch viril Männliche. Das lieben die Weiber. Wenn sie deine Pheromone schnuppern, zippen ihnen sämtliche Reißverschlüsse auf…"

„Basta jetzt! Verarschen kann ich mich allein." Hamm bedauerte, seinem alten Freund Tom von Heide erzählt zu haben. Aber wem sonst hätte er sich anvertrauen können? Er besaß nicht viele Freunde. Die paar, die er hatte, wohnten überall, nur nicht zwischen Weser- und Elbmündung. Einen hatte es bis nach Bali verschlagen.

Tom wohnte in Hamburg, kam aber gelegentlich in die Kreisstadt, wo seine Eltern in einem Altersheim nahe der turmlosen Kirche lebten. Dann trafen er und Hamm sich. Sie kannten sich seit ihrer Schulzeit, hatten während des Studiums ein paar wilde Semester absolviert, bevor sich ihre Wege trennten. Geheimnisse hatten sie voreinander nicht, Eitelkeiten mussten sie nicht pflegen. Keiner konnte dem anderen etwas vormachen. Der Kitt aus der Jugend, der sie verband, würde ein Leben lang halten.

Sie saßen in einer kleinen Kneipe unweit der Kirche, die wie ein bürgerliches Wohnzimmer aus der Kaiserzeit möbliert war und höchstens ein Dutzend Gäste fasste. Erst wenn man zur Garderobe oder zu den Klos ging, wurde man gewahr, dass es sich nur um die Schankstube einer Privatbrauerei handelte, die sich immerhin über zwei Altstadthäuser erstreckte. Das liebevoll gebraute Bier sah trübe aus, schmeckte herb und prickelte deutlich stärker in der Kehle als anderes Pils. Kein Bier für jeden Tag, aber eine gute Abwechslung.

Hamm hatte Tom, als sie sich über den Stand ihres Liebeslebens austauschten, von Heide erzählt. Wer sie war, was sie tat, wie sie aussah. Tom hatte interessiert gelauscht. Besonders, als es um den Tag ging, an dem Hamm in der Buchhandlung aufgekreuzt war. Kurz vor Ladenschluss, genau wie er es vorgehabt hatte.

Er hatte tatsächlich eine Liste mit Buchtiteln dabei gehabt, die schon lange an seinem Pinnbrett hing. Ein paar Neuerscheinungen aus Deutschland und Amerika standen darauf und ein Reiseführer über Ibiza. Sowie drei für ihn wichtige, schon vor langer Zeit erschienene Biografien, die er bei Umzügen verloren oder an die falschen Leute ausgeliehen hatte.

„Wenn Sie ‚Best' von Ulrich Herbert noch irgendwo auftreiben, kriegen Sie von mir den Großen Buchhändlerorden am Bande", hatte er versprochen.

Frau Kastanienhaar hatte ihn Mona Lisa-artig angelächelt: „Geht's um den Zahnbürsten-Doktor aus der Fernsehwerbung?"

„Nein, um Werner Best, den Nazi-Statthalter von Dänemark."

Sie sah im Computer nach. „Uh, das wird schwer. Eine Habilitationsschrift. 15 Jahre alt. So was wird gewöhnlich nicht nachgedruckt. Ich werde es über spezielle Uni-Antiquariate versuchen. Den Orden werde ich mir verdienen. Sie müssen ihn mir aber persönlich umlegen."

Am liebsten würde ich schon mal Maß an deinem hübschen Hals nehmen, dachte Hamm. Er spürte ein Kribbeln in den Händen, fing sich aber sofort wieder.

„Als Vorgeschmack auf die Preisverleihung würde ich gerne auf ein Tässchen Kaffee mit Ihnen nach gegenüber gehen und kurz den Stand der Literatur durchhecheln."

„Auf ein Tässchen! Wunderbar gesagt. Hecheln. Noch besser. Aber wir gehen um die Ecke in die Weinstube. Der Italiener gegenüber ist ein Überassimilierter. Drinnen sieht es spießiger aus als beim spießigsten Tedesco."

Unter einem Defizit an Selbstbewusstsein schien Heide Lürssen nicht zu leiden. Sie bestimmte kurz und klar, wo's lang ging. In die Weinstube also. Die war auch nicht eben designerpreisverdächtig eingerichtet, dafür aber schön schummerig. Der Wein war in Ordnung.

Zwischen zwei Schluck Riesling fragte sie: „Was interessiert Sie so sehr an der Biografie eines Hitler-Schergen?“ Sie öffnete leicht den Mund, wie fragend, und er bemerkte, dass ihre beiden oberen Eckzähne relativ spitz waren, was ihr einen gewissen, wenn auch nur andeutungsweise vampirartigen Hauch gab. Hamm war entzückt. Er hätte ohne weiteres seinen Hals freigelegt, um mit Heide eine mindestens 500 Jahre währende, wenn auch hauptsächlich nocturne Beziehung anzubahnen.

„Zum einen interessiert mich an der Figur, dass er ein sehr spezieller Nazi war. Kein Rassist, nicht mal ein völkischer Ideologe. Ihm ging es nur um Produktion von Lebensmitteln für das Reich. Er ließ die meisten Juden aus Dänemark entkommen. Nicht, weil er ein Humanist war, sondern weil die Dänen gestreikt hätten, wenn er ihre Juden in die Vernichtungslager geschickt hätte. Er war genial. Auf seine Art.“

Sie zog eine Augenbraue hoch. „Und weiter?“

„Sie wollten ihm nach dem Krieg weder in Dänemark den Prozess machen noch in Frankreich, wo er auch... tätig war. Dabei wären wohl unschöne Dinge ans Licht gekommen, die man gemeinhin Kollaboration nennt. Best war ein Politikum.“

„Was wurde aus ihm?“

„Weiß ich nicht. Bevor ich mit dem Buch durch war, verschwand es irgendwie.“

„Für einen Mann aus der Reisebranche haben Sie recht spezielle Interessen.“

„Ich habe schon mal andere Dinge gemacht als Touristik.“

„Ich weiß.“ Sie kräuselte die Lippen und nahm einen Schluck. „Ganz andere Dinge.“

Google, natürlich! Sie hatte seinen Namen in eine Personensuchmaschine eingegeben und, ratzfatz, allerhand Bruchstücke seines Berufslebens präsentiert bekommen. Zwar gab es keinen Wikipedia-Eintrag über ihn, er war ja nicht mal halbprominent. Aber Artikel aus seiner Zeit als Journalist standen im Netz. Leider auch Artikel über ihn, die vom unrühmlichen Ende seiner journalistischen Laufbahn handelten. Sicher wusste sie auch, dass er danach als Lektor für den Karwunkel-Verlag gearbeitet hatte. Verfluchtes Internet!

Aber war es nicht auch schmeichelhaft für ihn, dass er sie interessierte? Egal, er zog es vor, nicht weiter auf das Thema einzugehen. Er täuschte ein Bedürfnis vor und schnitt, als er von der Toilette zurückkam, ein anderes Sujet an. Sie spielte mit. Sie unterhielten sich eine Stunde über Bücher, Autoren, gemachte und unerwartet eingetretene Bucherfolge und darüber, was das alles mit dem Zeitgeist zu tun hatte, wenn überhaupt.

Es war ein Gespräch auf einem soliden, vernunftunterfütterten Niveau, und es war sehr schnell und pointiert. Hamm genoss es. Dass Buchhändlerinnen keine Dummchen waren, hatte er immer gewusst. Aber Heide Lürssen, fand er, war ungewöhnlich beschlagen. Wieso beschlagen? Sie war ja kein Pferd. Heide Lürssen war einfach gescheit. Eine gescheite Frau, wie es sie sonst nur im Fernsehen gab. Wo gescheite Frauen aber meist faltig und füllig waren.

Die Finger ihrer rechten Hand trommelten in Intervallen auf der Tischplatte. Eine Angewohnheit, die ihm schon im Ewer aufgefallen war. Was war das bloß? Was drückte sie damit aus? Es war kein lautes Geräusch, aber es irritierte ihn.

„Wollen wir aufbrechen?“ , fragte die Frau, als hätte sie Hamms Gedanken erraten. Hamm hätte noch Stunden so dasitzen können, fügte sich aber. Vor der Tür, in einem schmalen Durchgang zu der Straße, an der ihre Buchhandlung lag, schien ihr etwas einzufallen.

„Übrigens, ich habe da eine Überraschung für Sie. Kommen Sie eben mit zum Laden?"

Sie schloss die alte, um die Klinke herum abgegriffene Tür zur Buchhandlung auf. Die verwinkelten Räume mit ihren hohen Decken und den vollgepackten Regalen waren schwach beleuchtet, was ihnen etwas Urgemütliches, aber auch Geheimnisvolles gab. Es roch, durchaus angenehm, schwach nach Holz und Papier.

Heide Lürssen ging voraus und stieg eine kurze, steile Treppe hoch, die zu einem der Hinterzimmer führte. Sie trug ein bequem aussehendes Kostüm, in das bunte Stofffetzen und Lurex-Fasern eingewebt waren. Die Fasern schimmerten leicht in der Nachtbeleuchtung des Buchladens. Die Beine, tadellos.

„Hier entlang. Vorsicht! Die oberste Stufe hat's in sich."

Sie traten in ein Buchlager ein, dessen Decken deutlich niedriger waren als die des Ladens. Der Raum hatte eine kuriose L-Form. Wahrscheinlich war er in den 200 oder 300 Jahren, die das Altstadthaus schon stand, zigfach um- und rückgebaut worden. Wo der Raum abknickte, begann ein kleiner Wohntrakt. Es gab einen Schreibtisch, einen Garderobenständer, einen Sessel und einen Fernseher. Neben dem Gerät summte ein kleiner Kühlschrank. An der Wand stand ein schmales Bett.

Ihre Augen waren seinem Blick gefolgt. „Ich übernachte hier manchmal. Wenn es spät geworden ist. Nach Inventuren und Lesungen zum Beispiel."

„Praktisch", murmelte Hamm. Besonders, dachte er, wenn dich nichts so recht nach Hause treibt, wo dein Schattenmann wartet. Oder wartete der gar nicht? Und was mochte die Überraschung sein, die sie in petto hatte? Eine plötzliche Ahnung überkam ihn, das eine könne mit dem anderen in Verbindung stehen. Aber er war dann doch perplex, als sie wortlos auf ihn zukam und ihn fixierte. Er bemerkte erst jetzt, dass ihre Augen bernsteinfarben waren, nicht braun, wie er geglaubt hatte. Sie war nicht viel kleiner als er. Als sie ihre Hände hinter seinen Hals legte, seinen Kopf zu sich heranzog und ihn mit ihren warmen Lippen küsste, wurde ihm schwummerig.

Am Wein lag es nicht.

Es war eine Erinnerung, die ihn 30 Jahre zurückwarf. Einmal, nur ein einziges Mal, hatte ihn eine Frau, besser gesagt ein Mädchen, aus heiterem Himmel geküsst. Einfach so, ohne Ankündigung. Es war an einem Krankenhausbett gewesen, wo das Mädchen mit einer minderschweren Malaise lag. Sie wohnte in der Nachbarschaft, er schwärmte für sie. An einem sich verdunkelnden Nachmittag im November hatte er sie besucht, und sie hatte ihn geküsst, sich halb im Bett aufrichtend. Warum bloß? Er hatte das nie erfahren. Sie waren kein Pärchen, davor nicht und danach nicht. Es war lange her, aber Hamms Erinnerung war lebendig. Er wusste sogar noch, wie sie gerochen hatte. Sehr fraulich, obwohl sie damals erst 16 war.

„Darauf habe ich mich die ganze Woche gefreut", hörte er die Buchhändlerin sagen. „Eigentlich schon seit dem Abend im Ewer."

Sieh mal an. Und er, der große Frauenjäger und -sammler, hatte am selben Abend eine Strategie des behutsamen Geländegewinns entworfen. Während sie bereits an einer Großoffensive arbeitete.

„Die Überraschung ist dir gelungen", stellte er fest. „Und jetzt?"

Es war dann, zugegeben, keine besonders zärtliche Angelegenheit geworden, die sich auf dem schmalen Bett unter der leicht abgeschrägten Wand mit der pastellgrünen Raufasertapete zutrug. Aber eine ziemlich körperbetonte. Heide hatte sich mit der Energie einer halb verhungerten Karpatenwölfin, der ein gut genährtes Huhn begegnet, über ihn hergemacht. Vor dem krassen Ausbruch ihrer Bedürfnisse war Hamm, der an diesem Abend mit Blick auf seinen Führerschein nur ein Glas Wein getrunken hatte, keineswegs zurückgeschreckt. Wir sind ja beide schon ziemlich erwachsen, dachte er, während sich Heide Kastanienhaar Lürssen schnurrend an ihm rieb. Sie hatte die Lampe neben dem Bett gedimmt, nach seiner Ansicht unnötigerweise. Heide besaß feste, mittelgroße Brüste, die Taille einer 25jährigen mit einem kleinen, durchaus erotischen Ring an den Hüften sowie einen kühn geschwungenen und erfreulich ausgeprägten Po, der Hamm schon aufgefallen war, als er hinter ihr die Treppe hochgestiegen war. Das alles, und einiges mehr, setzte sie rücksichtslos als Kampfmittel ein. Und als sie nach einer guten Stunde Ruhe gab, heftig atmend und mit Hamm in Löffelstellung liegend, denn eine andere Position erlaubte das schmale Bett nicht, da hatte Hamm das Gefühl, mit etwas wackeligen Beinen aus einem höllischen Karussell zu klettern, das auf dem Hamburger Dom Premiere feierte.

„Ich bin vielleicht etwas zu alt für solche Runden", zagte ein Teil von ihm.

„Quark, du hast doch gerade bewiesen, dass du in Topform bist", tönte der andere Teil. „Dein Ruhm wird sich mehren in der Frauenwelt. Als Geheimtipp wird man deinen Namen weiterflüstern. Künftige Frauengenerationen werden ihn mit ehrfürchtigem Schauder aussprechen."

Bevor er sich mit dem Gedanken anfreunden konnte, spürte er, wie sich Heide zu ihm herumdrehte. Sie stieß eine Art Seufzer aus, nahm seine linke Hand und legte sie auf ihren flachen Bauch.

Ruhm will verdient werden, dachte er. First things first.

*

Tom hatte gespannt zugehört, ohne Hamm zu unterbrechen.

„Wow“, machte er. „Klingt aber doch ein bisschen wie notgeil.“

„Idiot!“ Hamm war sauer. Das klang, als hätte es jeden treffen können, den Heide an diesem Abend …

„Du hast ja keine Ahnung, wie es gelaufen ist. Spontane Triebabfuhr, natürlich. Aber doch nicht zufällig. Ich war allerdings selber etwas … überrumpelt. Allerdings keineswegs überfordert.“

„Immer das alte Großmaul“, grinste Tom.

Hamm setzte ein gefährliches Lächeln auf. „Blinde reden von der Farbe, was? Soweit ich weiß, bist du seit ungefähr hundert Jahren verheiratet. Mit ein- und derselben Frau. Wann hast du das letzte Mal gevögelt? Na?“

„Du meinst, mit meiner eigenen? Da müsste ich mal scharf nachdenken.“

„Da kannst du mal sehen. Etwas underfucked, wie?“

„Andererseits aber auch overpaid.“

Tom musste immer das letzte Wort haben.

Am Nebentisch war es laut geworden. Eine bierselige Stammtischbesatzung war dabei, sich peu à peu in die Wolle zu kriegen. Man konnte sie nicht überhören. Es ging, wie so oft in letzter Zeit, um die Autobahn.

„… wenn es nach euch ginge, ihr Traumtänzer, würden

wir in dieser Gegend heute noch mit Ochsenkarren durchs Moor ziehen und drei Tage bis zum nächsten Dorf brauchen."

„... ihr Betonfetischisten würdet am liebsten auch noch das letzte Stück Natur mit achtspurigen Autobahnen zupflastern."

„Blödsinn, es geht darum, ob diese Region überhaupt noch eine Chance auf Entwicklung hat, du Dussel. Kapiert das doch endlich mal: ohne Schnellstraßen bleiben wir abgehängt vom Rest der Welt. Kein Schwein siedelt hier seinen Betrieb an, um was zu produzieren. Und warum nicht? Weil er erstens seine Waren nicht weg- und zweitens die Rohstoffe nicht herkriegt."

„Hühnerkram! An diesen Arsch der Welt kommt sowieso niemals Industrie hin. Alles, was wir haben, ist unsere schöne Landschaft, die Touristen anlockt. Das ist unsere Chance und sonst gar nix."

„Seit die Welt besteht, sind Straßen der Motor des Fortschritts. Marco Polo hat die Seidenstraße eröffnet, die Eisenbahnen haben den amerikanischen Westen erschlossen. Im Kongo läuft bis heute nichts, weil es keine Straßen ..."

„Kongo, Klugscheißer? Dass ich nicht lache! Guck dir mal auf der anderen Elbseite an, was die A 7 nach Flensburg seinerzeit bewirkt hat. Kein Mensch ist nach der Eröffnung der Autobahn mehr auf der Bundesstraße 5 gefahren. Da sind massenhaft Geschäfte und Gasthöfe eingegangen und Dörfer verödet. Genauso wird das hier werden, sach ich euch."

„Genau! Hier werden Schweden und Dänen und Polen und Holländer durchbrettern, die mit ihren dicken Brummis nicht mal bei uns tanken müssen. Die profitieren von der Autobahn, und sonst keiner! Höchstens noch ein paar Spediteure wie der Gättcke. Und wir? Ersticken dafür in den Abgasen."

„Typisch deutsch! Diese ewige Bedenkenträgerei! Nicht in der Lage, sich auf neue Herausforderungen einzustellen. Immer nur alles mies machen, das könnt ihr..."

Hamm sah Tom an. „Debattenkultur auf dem Lande. Aber keine Sorge, prügeln tun sie sich nicht. Noch nicht."

„Was ist denn das Problem bei dieser Autobahn? Was soll daran falsch sein? Ich für meinen Teil warte sehnsüchtig darauf, dass die Autobahn von Hamburg in meine Heimatstadt endlich mal fertig gebaut wird..."

„Das ist eine ganz andere Geschichte, Tom", sagte Hamm sanft. „Worum der Streit bei uns hier tobt, erzähle dir bei Gelegenheit mal ausführlich." Er bestellte neue Biere. „Das ist so abenteuerlich, dazu brauchen wir den ganzen Abend."

„Sie lassen alle mal was liegen, die Großen dieser Welt, und das sind die Souvenirs, die man überall erhält."
Bill Ramsey in „Souvenirs, Souvenirs"

11

Die Explosion war so stark gewesen, dass der Wagen regelrecht in Stücke gerissen worden war. Der Motorblock lag fünfzig Meter von der Stelle entfernt, wo das Auto in die Luft geflogen war. Angeblich. Hamm fragte sich, ob der Küstenbote hier nicht maßlos übertrieb. Seit wann konnten Motorblöcke fliegen? Auf dem Foto in der Online-Ausgabe des Boten mutete der Tatort allerdings tatsächlich an wie der Schauplatz eines Selbstmordanschlags im Nahen Osten.

Wirklich dramatisch war der Fall indessen nicht. In dem Wagen hatte sich zum Zeitpunkt der Explosion, er lag tief in der Nacht, niemand befunden. Er parkte auf einem Stellplatz neben der Auffahrt zum Anwesen eines recht bekannten Zeitgenossen.

Hamm stellte den Kaffeebecher neben sich und klickte den Lokalteil des Abendblatts an. Auch dort fand sich ein kurzer Bericht über den Vorfall, allerdings mit nur wenigen Details. Der Küstenbote hingegen hatte mit dem zerrissenen Auto aufgemacht und vermischte verschwenderisch Fakten und Spekulationen. Kein Wunder, denn das Auto hatte nicht irgendjemandem gehört.

Halter war ein gewisser Hein Gättcke.

Bei dem Wagen handelte es sich laut Küstenboten um ein Saab Cabrio. Das Auto wurde gewöhnlich von Frau Renate Gättcke bewegt, aber der Ehemann war es, der

Steuern und Versicherung zahlte. Beziehungsweise seine Firma. Denn der Wagen wurde angeblich auch als Dienstfahrzeug genutzt, auch von Gättcke selber. Warum Gättcke, der gewöhnlich mit einem Geländewagen durch die Botanik kreuzte, so ein vergleichsweise filigranes Gefährt chauffieren mochte, war nicht recht klar. Zu widerlegen war es allerdings auch nicht. Der Spediteur hatte erklärt, den Wagen in der letzten Zeit öfters benutzt zu haben. Seine Frau sei seit Monaten in ihrer gemeinsamen Villa in Marbella. Er habe als Frischluft-Fan das offene Vehikel gerne mal abwechslungshalber benutzt.

Nun war es an ihm, den Empörten zu geben. Wochenlang habe er Schmähungen und Verdächtigungen ertragen müssen, erklärte er in einem Küstenboten-Interview. Anwürfe, die ebenso perfide wie haltlos seien und von Anfang an nur einen Zweck verfolgt hätten: die zügige Realisierung der A 17 zu torpedieren. Für die er kämpfe, „wie so viele andere verantwortungsvolle Persönlichkeiten, denen das Wohl der Region wichtiger ist als die Interessen einiger zum Teil hierher zugezogener Privatpersonen“. Jetzt hätten „bestimmte Leute“ wohl beschlossen, „schweres Geschütz“ gegen ihn aufzufahren.

Frage vom Küstenbote-Chefredakteur Kurt Gillmann:

„Wollen Sie damit andeuten, die Sprengung des Wagens ginge auf das Konto der Autobahngegner, die Sie damit einzuschüchtern versuchen?“

Gättcke: „Bevor die Ermittlungen abgeschlossen und die Täter geschnappt sind, werde ich keine Gruppe konkret beschuldigen. Aber ich mache mir natürlich Gedanken, wer hinter dem feigen Anschlag steckt. Wenn man sich fragt, wem er galt und wenn man dann noch zwei und zwei zusammenzählt, ist der Kreis der Verdächtigen überschaubar...“

Gillmann: „Werden Sie bei Ihrem Einsatz für die neue Autobahn künftig etwas kürzer treten?"

Gättcke: „Ich denke nicht daran! Jetzt erst recht nicht. Ein paar Leute werden bald merken, dass man sich schwer verhebt, wenn man mich unter Druck setzen will."

Unternehmer, nicht Unterlasser! Das Credo kam Hamm bekannt vor. Auf dem Weg ins Büro rief er in der Redaktion an. „Hat er zu Dir off the records gesagt, was er mit seiner letzten Bemerkung gemeint hat?"

Gillmann lachte breit. „Natürlich nicht. Gättcke ist ein Proll, wie alle Spediteure. Aber er ist nicht blöd. Ganz im Gegenteil."

„Und du, was hältst du von der Sache?"

„Schwer zu sagen. Den Hanseln von der Bürgerinitiative traue ich nicht zu, dass sie mit Sprengstoff unter fremde Autos kriechen. Woher sollten sie das Zeug haben? Außerdem sind die für so eine Nummer nicht radikal genug. Höchstens einer von denen wäre vielleicht in Frage gekommen. Aber der ist tot – Waschnewski."

„Also, wer war's wirklich?"

„Frag mich was Leichteres. Wer weiß schon, was Gättcke so alles am Laufen hat. Das ist ein ganz harter Bursche. Und er benutzt ziemlich fiese Methoden im Geschäftsleben, habe ich läuten gehört. Die werte Konkurrenz soll gar nicht gut auf ihn zu sprechen sein ... Vielleicht hat das Ganze überhaupt keinen politischen Hintergrund."

Es gab natürlich noch eine dritte Möglichkeit. Hamm fragte sich, ob er gegenüber Gillmann die Sache mit dem ramponierten Saab erwähnen sollte, den er auf Gättckes Baustelle entdeckt hatte. Aber dazu musste er erst sicher sein, dass er mit seinem Verdacht richtig lag.

„Kennt man die Nummer von dem pulverisierten Auto?"

„Logisch, die steht in unserer Print-Ausgabe, wo wir den Fall heute groß fahren. Warte mal," – er raschelte wichtigtuerisch mit seinem Weltblatt – „hier ist sie: CUX-R 407. Wieso, was ist damit?"

„Nur so ein Gedanke. Erzähle ich dir demnächst ausführlich." Hamm hatte das tatsächlich vor. Aber etwas hielt ihn vorerst noch davon ab, Gillmann zu seiner nächsten Enthüllungstory zu verhelfen.

Zwei Dinge irritierten ihn. Sein Ein- und Aufbruch in Gättckes Revier lag nun schon fast zwei Wochen zurück. Er rechnete täglich damit, Besuch von der Polizei zu bekommen oder die Nachricht über eine Anzeige im Briefkasten zu finden. Aber nichts war geschehen. Hatte der Wachmann seine Nummer falsch notiert? Ziemlich abwegig. Durch das Gatter hatte er volle Sicht auf Hamms Wagen gehabt.

Was war es dann, das Gättcke davon abhielt, ihn, Hamm, vor den Kadi zu zerren?

Das zweite Rätsel war, dass Waschnewskis Bombe immer noch nicht hoch gegangen war. Die gesponserte Pufftour der autobahngeilen Politiker und Verwaltungshirsche, die das A 17-Projekt endgültig in Misskredit bringen sollte, sie schlummerte bis jetzt friedlich unter einer dicken Decke, die Schleicher über sie geworfen hatte. Im vollmundigen Versprechen, die Enthüllung würde dann umso spektakulärer. Hamm rief Nele an und fragte danach.

„Schleicher meint, der Zeitpunkt ist noch nicht der richtige. Er verhandelt mit einem Reportagemagazin des ZDF und mit einer Edelfeder von der ‚Süddeutschen'. Eines der Nachrichtenmagazine will er auch noch ins Boot holen. Die Story soll dann synchron in allen drei Medien laufen und maximal für Aufsehen sorgen. Sagt er."

So ein Quatsch! Hamm kannte sich mit Medien ganz gut aus. Bei den großen Dampfern hieß es: wir bringen die Story exklusiv oder gar nicht. Kooperationen zwischen gedruckten und elektronischen Medien waren zudem äußerst selten. Dies war ja auch kein wirklicher Superskandal. Keiner eines Kalibers, für das die Regeln der Branche neu geschrieben wurden.

Spielte Schleicher ein linkes Spiel? Wollte er die Veröffentlichung hinauszögern, vielleicht sogar verhindern? Aber wozu? Er musste doch selbst Interesse daran haben, dass die Autobahn nicht kam, als selbstgestylter Öko-Apostel.

„Habt ihr dem Schleicher alle Unterlagen gegeben?"

„Alle, bis zum letzten Getränkezettel. Nicht ohne uns Kopien zu machen, natürlich."

„Ah." Die Mädels waren plietsch. Selbst wenn Schleicher das Material in eine seiner Hoftonnen trat – aus der Welt war es damit nicht.

Hamm hatte das Gespräch kaum weggedrückt, da schnarrte sein Handy.

„Gillmann noch mal. Dachte, ich muss dich auf dem Laufenden halten. Hatte gerade einen seltsamen Anruf. Rate mal."

„Lass die Spielchen. Sag schon."

„Gättcke war dran."

„Gättcke? Der ruft ausgerechnet dich an?"

„Ich war auch baff. Er klang zuerst ganz freundlich. Sagte, er verstünde natürlich, dass sich der Bote eine Story wie die über ihn und den Ägypten-Ausflug nicht entgehen lassen könne. Obwohl, einiges sei dabei falsch dargestellt. Es sei eben doch ein Arbeitstrip gewesen und keine reine Sause, wie geschildert. Die Fotos von ihm und den anderen am Lagerfeuer in der Wüste würden einen ganz falschen Eindruck erwecken. Und so weiter."

„Was wollte er, eine Gegendarstellung? Jetzt noch? Der Artikel ist Wochen her."

„Von einer Gegendarstellung hat er nichts gesagt. Auch nichts von Widerruf oder Schadenersatz. Er wollte mich bloß aushorchen, glaube ich. Irgendwann kam er dann nämlich auf den Punkt. Woher ich die Unterlagen für den Artikel hätte, wollte er wissen."

„Und?"

„Nix und. Habe mich natürlich auf Informantenschutz berufen. Dann legte er selber vor. Ob ich sie von einem gewissen Bernhard Hamm aus Söderfleth hätte? Ich wieder: kein Kommentar, Informanten nennen wir nicht. Er hat dann gelacht und wörtlich gesagt: ich habe da auf einer Veranstaltung in Bad Klevenstedt einen Mann gesehen, den ich vorher schon mal gesehen habe. Und zwar in Ägypten! Ist das nicht seltsam? Hat er so gesagt und aufgelegt."

„Darauf weiß ich keinen Reim. Kann Gättcke so naiv sein zu glauben, dass du ihm deinen Tippgeber mal eben am Telefon verrätst?"

„Genau das habe ich mich auch gefragt. Und verneint. Was bedeutet, dass der Anruf eine andere Funktion hatte... Willst du sie hören?"

„Kurt, bitte. Mach's nicht so spannend!"

„Unser Truckerkönig weiß natürlich längst, dass du meine Quelle bist. Sein Geheimdienst hat gearbeitet und deinen Namen rausgekriegt. Er beschäftigt öfters eine Bremer Detektei, musst du wissen."

„Und warum sagt er dir, dass er von mir weiß?"

„Weil er will, dass du es erfährst. Jawohl, er will, dass du weißt: er, Gättcke, hat dich jetzt im Visier."

„Ich piss mir in die Hose vor Angst."

„Du solltest das nicht so easy nehmen, mein Lieber", schnappte Gillmann beleidigt. „Einer wie Gättcke kann verdammt unangenehm werden. Der Mann ist rachsüchtig, sage ich dir. Bereite dich auf einiges vor. Es wird Ärger geben. Kannste Gift drauf nehmen."

Klar würde es Ärger geben. Und wenn schon. Hamm würde eben eine Weile aufpassen müssen. Nicht mehr aus der Kneipe kommend direkt in sein Auto steigen, sofern er mehr als zwei Bier getrunken hatte. Er würde einsame dunkle Wege meiden, wo vielleicht rohe Menschen auf ihn lauern würden, zwecks Erteilung einer Abreibung mit freundlichen Grüßen eines Spediteurs. Spediteure waren im Transportwesen, was Automatenaufsteller im Glücksspielgeschäft darstellten: Leute, die sehr gut ohne zarte Saiten auskamen.

Aber er, Hamm, hatte auch noch was im Ärmel. Einen Kreuz-Buben.

„Das Leben ist kein Ponyhof."
Aus „Schüler-VZ", dem Online-Netzwerk für Schüler

12

Worin das Geräusch der Stille genau bestand, war schwer auszumachen. Bei ruhiger See drang so gut wie kein Wellengeräusch von der Felsenbucht Cala s'Aubarca zu den Wanderwegen über der Steilküste. Gelegentlich Möwengekreisch. Kein Motorbrummen. Die Umgebung war weiträumig unbebaut, geadelt zum „Naturgebiet von besonderem Interesse". Sanft wiegte sich ein weißes Segelboot in der Mitte der Bucht. Vom Deck hechtete lautlos ein Körper ins tiefblaue Wasser. Zikaden, ja! Die waren überall, in den Pinien, den Gräsern, zwischen Felsen. Sie waren es wohl, welche die feine, hochfrequente Klangfolie verlegten, die sich in den Ohren einnistete wie ein milder Tinnitus. Es duftete nach Pinienharz, Thymian, Rosmarin. Ein verschwitzter junger Wanderer stieg einen Pfad empor, der hinab ans Wasser führte. „Bon dia", sagte er. Schon war er vorüber.

Sie saßen auf einem kleinen Plateau hoch über der Bucht. Picknick auf Ibiza, im Schatten von Pinien, mit Weißbrot, Boquerones, Jamon serrano und Rotwein aus dem Rioja. Wie zu Studentenzeiten, als man nach Ibiza zum hemmungslosen Abfeiern gefahren war. Bloß, dass sie jetzt die Amüsiermeile am Platja d'en Bossa ebenso mieden wie Sant Antoni, die weltgrößte Besäufnisanstalt für junge Briten. Besuche in Discos wie „Space" oder „Amnesia" kamen ebenso wenig in Betracht. Sie wären dort als Vollerwachsene peinlich aufgefallen. Alles, was man über die drogenumnebelte Disco-Szene wissen musste, stand in Burkhard Driests Insel-Krimi „Sommernachtsmord". Heide hatte das Buch auf die Reise mitgenommen. Doch zum Lesen waren sie kaum gekommen.

Dies hier waren die Amunts, das dürftig besiedelte Bergland im Norden von Ibiza. Hier dröhnten keine Discos. Hier gab es rote Olivenbaumhaine, grüne Weinberge, Mandel- und Zitrusplantagen und Schafe, die sich durch den Tag mümmelten. Die Fincas leuchteten knallweiß gegen den tiefblauen, fast immer wolkenfreien Himmel. Die Amunts, das war eine Gegend für Kenner. Es gab hier nicht sehr viele Unterkünfte und Restaurants. Aber die wenigen, die es gab, hatten Stil. Hamm hatte für drei Tage ein Zimmer in einem Finca-Hotel gebucht. Die 400 Jahre alte Finca hatte extrem dicke Mauern, welche die Zimmer sogar im Sommer kühl hielten.

„Das Weißbrot schmeckt nach gar nichts", klagte Heide.

„Stimmt. Ist nur als Unterlage für ölige Speisen zu gebrauchen. Und zum Teller auswischen. In ganz Spanien gibt es so gut wie nirgends anständiges Weißbrot. Außer im Nordosten, an der Grenze zu Baguette-Frankreich."

„Naturellement." Sie strahlte ihn an. „Mein Weltenkenner! Ich bewundere dich. War eine tolle Idee, Ibiza auf die Schnelle zu machen."

Die Idee war ihm vor einer Woche gekommen, als er einen Auftritt von van Dijk am wiederbelebten MoorPort medienwirksam vorbereitete. Sein Chef hatte dem maroden Regionalfluglatz neues Leben eingehaucht. Nach der Mallorca-Strecke legte er in dieser Sommer-Herbst-Saison auch einen Vollcharter nach Ibiza auf. Da van Dijk aus allem eine One-Man-Show machte, gab es einen großen Bahnhof, als eine Boeing 737-800 der Air Berlin die ersten Transwelt-Gäste aus dem hohen Norden nach

Ibizas Bettenburgen verfrachtete. Hamm hatte van Dijk für diesen Anlass eine launige Rede gestrickt, in der allerlei populistischer, aber auch populärer Unsinn steckte.

Von der „Vermeidung unnötiger CO_2-Emmissionen durch Punkt-zu-Punkt-Flüge ohne Treibstoff fressende Umwege“ war da die Rede, was letztlich „der Bekämpfung der globalen Erwärmung“ diene. Ebenso war die Rede von den „die Europäer verbindenden Verkehrsströmen“, die auch und gerade und überhaupt in die Provinz führen müssten. Alles Unfug, selbstredend, aber es kam bei den versammelte Honoratioren gut an. Außerdem hatte Hamm die Bedeutung von MoorPort als lokalem Wirtschaftsmotor dick herausgestrichen. Was näher an der Realität lag. Zwar war der Flugplatz noch weit davon entfernt, eine brummende Jobmaschine zu sein. Aber er war auch kein Geisterflugplatz mehr, der den Kreis jährlich Unsummen für die reine Unterhaltung kostete.

Im Büro hatte Hamm gesehen, dass die Maschine bei ihrem zweiten Flug auf der neuen Strecke noch nicht ganz ausgebucht war. Er überschlug seinen Resturlaub, fand ihn hinreichend und rief sofort Heide an.

„Diese Frau da in deinem Laden…“

„Hilde Simoneit.“

„…Hilde die Wilde, schmeißt die den Laden notfalls ein paar Tage allein?“

„Jetzt im Sommer kein Problem. Die Reisebücher sind verkauft. Richtig los geht das Geschäft erst wieder im Herbst. Davor läuft noch ‚Ladys in Crime‘.“

„Ladys in was?“

„Das ist eine Reihe von Lesungen von Krimiautorinnen. Bei mir nachts in der Buchhandlung.“

Nachts in ihrer Buchhandlung. Was da nicht alles stattfand.

„Die Lesungen kommen total gut an, vor allem bei Frauen."

„Aber jetzt wärest du spontan ... abkömmlich?" Er wagte nicht, eine Frage nach ihrem Mann zu stellen. Über den hatte sie noch kein Wort verloren.

„Ein Geheimauftrag? Oh James, wie himmlisch! Was soll ich tun?"

„Wir haben einen Einsatz im Ausland, Moneypenny. Wirf luftige Klamotten für drei Tage in ein Köfferchen und nimm morgen früh den Zug nach Cuxhaven. Um die zwölfte Stunde erwarte ich dich am Bahnhof. Bikini nicht vergessen!" Sie konnte noch sehr gut Bikini tragen, das wusste er inzwischen. Und wie er das wusste.

Für Heide war es eine Fahrt ins Blaue gewesen. Sie hatte angenommen, sie würden eine kurze Schiffsreise machen. Vielleicht nach Helgoland? Er schnaufte, als sie das später erzählte. Würde ein Mann wie er eine Frau wie sie auf die Insel der Allergiker und Ornithologen entführen? Als Hamm mit ihr vom Bahnhof zur Autobahn fuhr, hatte sie ein Fragezeichen im Gesicht.

„Wohin geht es, 007?"

„Abwarten." Er grinste. „Ich darf noch nicht über unseren Auftrag reden."

Er bog nach einer kurzen, schnellen Fahrt von der Autobahn ab. Das Fragezeichen in ihrem Gesicht wurde größer. Erst als sie in die Nähe vom MoorPort kamen, begriff sie. Der Flieger stand auf dem Feld vor der kleinen Abfertigungshalle und war schon von Weitem zu sehen.

„Der Privatjet des MI5! Lass mich raten: es geht auf die Bahamas!"

„Des MI6, um genau zu sein. Was die Bahamas angeht: die werden stark überschätzt. Wir fliegen nach Ibiza. Auf die Insel des Lichts und der Liebe."

„Oh James…“ Wieder imitierte sie den Tonfall, den die Synchronsprecherinnen der frühen Miss Moneypenny in den Mund gelegt hatten. Hamm war entzückt über die kindlichen Züge, die den Spielen verliebter Erwachsener innewohnten. Für einen Moment ging die Erinnerung an ihren Buchladen durch seinen Kopf. Die Rolle, die sie da in ihrem Kabuff gegeben hatte, war eine etwas andere gewesen. Eher die von Grace Jones? Nein, so heftig nun auch wieder nicht. Hamm entschied sich für das schöne Sexmonster Fatima Blush aus „Sag niemals nie“.

Gut, dass Heide nicht Gedanken lesen konnte.

*

Aus dem Plan, mit Heide die ganze Insel anzuklappern, wurde nicht allzu viel. Hamm kannte Ibizas Stärken und Schwächen von einigen Besuchen, die er mit Reisejournalisten gemacht hatte. Er musste sich nicht lange orientieren, und doch schafften sie in der kurzen Zeit nur ein paar Highlights. Das Kastell über der Altstadt, wo man einen phantastischen Blick über den Hafen hatte. Besonders zur blauen Stunde in der Abenddämmerung, wenn sich ungezählte Lichter im Hafenbecken spiegelten – sicher, ein Muss. Die Bucht von Benirras, wo Nina Hagen einst einen minderjährigen Punker gefreit hatte und wo noch heute so etwas wie eine Hippieszene existierte, wenn auch spießigerweise nur sonntags. Der lange Strand von Migjorn, ein bisschen wie der von Sylt, wurde auch abgehakt.

Aber das war es auch schon. Sie kamen einfach immer zu spät aus den Federn, um noch Rundtouren zu starten. Heide war, wie es schien, eine passionierte Früh-am-Morgen-Liebhaberin. Da erwies es sich als durchaus praktisch, dass die Finca dicke Mauern besaß.

An der Auffahrt zur Finca, im Schatten eines von Wein überzogenen Sonnendaches, parkte ein an den meisten Ecken und Kanten eingebeulter, vormals weißer, jetzt mit rötlichem Sandstaub überzogener Renault R4 mit der aufgeklebten Bezeichnung „Clan". Er gehörte zu dem Gehöft wie der Brunnen und die Natursteinmauern und die altersschiefen Stallungen; ein in Würde gealtertes Faktotum, das ein reiches Arbeitsleben auf seinem blechernen Buckel hatte. Er gehörte offenbar allen Beschäftigten der Finca. Hamm beobachtete, wie der Patron und seine Frau, aber auch der Kellner und der marokkanische Gärtner sich des Vehikels bedienten, das niemals abgeschlossen wurde und dessen Zündschlüssel immer im Schloss steckte. Überhaupt fuhren noch jede Menge R4 auf der Insel herum, wie Hamm aufgefallen war. Autos wurden hier nach dem Nutzwert beurteilt. Und der schmale Autoveteran mit seinen vier Sitzen, der komfortablen Federung und dem respektablen Kofferraumvolumen schlug sich auf den oftmals holperigen, meist schmalen Straßen und Wegen Ibizas nach wie vor tapfer.

„Diese wunderbare Karre habe ich auch mal gefahren," sagte Hamm, und sein Gesichtsausdruck nahm einen leicht verträumten Ausdruck an. „Sogar besessen. Drei wundervolle Jahre lang. Sie war rot. Rot wie die Revolution."

Lisa runzelte die Stirn. „Ist das diese Karre, die vor zirka 150 Jahren gebaut wurde? Als Du noch jung und fesch warst? Wurde die nicht mit so einer komischen Krücke geschaltet, mit der nur klarkam, wer einen Franzosenpass besaß?"

Hamm verzieh ihr. Sie war zu jung, sie konnte es nicht besser wissen. Erschwerend kam hinzu, dass sie eine Frau war. Ein Mann konnte mit Frauen über vieles reden, in manchen Dingen sogar einer Meinung sein. Doch wäre es gänzlich vergebens gewesen, Frauen die Welt der Automobile nahe bringen zu wollen. Trotzdem mochte er sich eine kurze Belehrung nicht versagen.

„Dieser Renault ist keine Karre, er ist ein Kulturereignis. Dichter haben Elogen auf ihn geschrieben, Filmemacher ihn wie einen Star in Szene gesetzt. Er hatte Schiebefenster, Frontantrieb, Heckklappe, war unkaputtbar, nahm nichts übel. Man fuhr mit ihm schwer beladen auf den Markt, um Gemüse oder sonst was zu verkaufen. Oder man gurkte mit fünf Mann hoch gen Brokdorf, um sich dortselbst mit den Bullen vor der AKW-Baustelle zu prügeln. Armeen von Kindern sind in ihm gezeugt, Tonnen von Joints konsumiert worden. Und selbstredend konnte ihn auch ein jeder Teutone schalten, jedenfalls zu meiner Zeit. Das gehörte zur Grundausbildung, ebenso wie Marx und Marcuse lesen."

„Wie ein paar Jahre Altersunterschied doch trennen können", sagt Lisa unbeeindruckt. „Aber red´ ruhig weiter. Mein Großvater hat auch immer gern vom Ersten Weltkrieg erzählt."

„Du irrst, schöne Bücherlady. Erst 1988, also durchaus zu deiner bereits mental erweckten Lebensphase, verließ der R4 diese unsere Autowelt. Spezielle Versionen von ihm wurden in kleiner Stückzahl sogar noch später gebaut. Auf Ibiza und in Nordafrika weiß man ihn immer noch zu schätzen. Und gewiss lebt er im Töff-Töff-Himmel weiter, denn er gehört zu den ganz..."

Lisa legte ihm die Hand auf den Mund. Ihre Stimme wurde leise. „Was mich interessieren würde: Kinder wurden gezeugt in dieser Nuckelpinne, sagst du? Wie soll denn das gegangen sein? Könntest du mir das eventuell mal zeigen?"

Sie deutete zur Finca hinüber, Richtung Gästezimmer.

Und wieder wurde nichts aus der Ibiza-Inselrundfahrt.

Am Abend vor ihrem Rückflug saßen sie am Platz vor der Kirche von Santa Gertrudis, die in ihrer gelb-weiß getünchten Schlichtheit so unverschämt cool wirkte, dass Atheisten bei ihrem Anblick glatt katholisch werden konnten. Die Terrasse der Bar „Es Canto“ war gut gefüllt, der einzige Kellner wieselflink unterwegs, Bier, Wein und Brandy nachzuliefern und die Versorgung der Gäste mit Serrano-Schinken, Manchego-Käse und sauer marinierten Sardellen aufrecht zu erhalten.

Hamm erzählte Heide zum ersten Mal ausführlich von seiner unfreiwilligen Rolle im Schmierendrama um die neue Autobahn. Wie er Waschnewski verletzt auf dem Deichweg gefunden hatten. Wie er Gättcke zum ersten Mal in Ägypten gesehen hatte, wie er ihm auf der IHK-Veranstaltung wieder begegnet war und wie er den Saab seiner Frau in einem Schuppen entdeckt hatte.

„Gättcke muss allmählich Verfolgungswahn kriegen“, kommentierte Heide. „Der glaubt bestimmt, jemand habe dich auf ihn angesetzt.“

„Vielleicht benutzt mich ja tatsächlich eine höhere Macht als Werkzeug der Gerechtigkeit?“

„Höhere Macht, Unsinn. Das Ganze ist nichts als purer, profaner Zufall.“

„Manche Leute behaupten, es gäbe keine Zufälle.“

„Manchen Leuten regnet's ins Gehirn rein.“

„Aber dass ich Gättcke gleich dreimal …“

„Es ist eine kleine Welt bei uns da oben. Manhattan liegt woanders. Bei uns läuft man manchen Leuten nun mal andauernd über den Weg.“

„Stimmt eigentlich …“ Hamm war froh, ein Wort der Logik zu hören. Er wurde allmählich etwas kraus im Kopf.

„Aber vielleicht gibt es trotzdem Dinge, die in diesem Fall nicht zufällig sind. Was hat Waschnewski noch mal gemurmelt, als du ihn transportiert hast?" Hamm hatte ihr von den unverständlichen, wiederholten Versuchen des Unfallopfers erzählt, etwas auszudrücken. Er überlegte. Nahm einen Schluck eiskaltes Bier, schloss die Augen. Heide betrommelte den Tisch mit ihren Fingerspitzen.

„Irgendwas wie rahb oder schahb. Glaube ich."

Sie sagte nichts dazu. Aber auf ihrer Stirn erschien eine Falte. „Und als du ihn im Krankenhaus besuchtest … konnte sich Waschnewski an nichts mehr erinnern?"

„An rein gar nichts. Blackout total. Und bald danach war er hinüber."

Heide schien das Thema wechseln zu wollen. „Im Winter veranstalten wir in der Buchhandlung seit ein paar Jahren Lesungen mit Krimiautorinnen. ‚Ladys in Crime' heißt die Reihe. Immer sehr gut besucht."

„Ja?" Hamm hatte keine Ahnung, worauf sie hinaus wollte.

„Eine der populärsten Autorinnen kommt aus Entenbrügge. Franziska Guthahn, schon weit über Fünfzig, eine späte Erfolgsstory." Hamm kannte den Namen aus Rezensionen. „Ihre Detektivin ist Miss Marple nachempfunden. Okay, besonders originell ist das nicht, aber clever gemacht. Also, die Passage, die Franziska im Februar bei mir vorgelesen hat, handelte von einer Frau, die mehrere Messerstiche abbekommt. Als ein Helfer erscheint, will sie unbedingt den Namen ihres Mörders nennen, aber sie kann sich kaum noch artikulieren. Stammelt immer so was wie „Apendo", womit die Detektivin zunächst nicht anfangen kann. Erst am Ende kommt sie drauf, dass das Opfer „Papendorf" sagen wollte, was der

Namen einer zwielichtigen Figur im Roman ist. Und der des Täters, versteht sich."

„Klar. Und auf was schließt du daraus für unseren Fall?"

„Ich schließe auf Saab."

„Wie, Saab?"

„Saab eben. Waschneswki wollte dir in jener Nacht mit seinen Gurgellauten rahb…oder schahb…eigentlich Saab sagen. Ein Saab hat ihn angefahren, verstehst du? Und wer fährt in unserer Gegend schon Saab? Mir fällt nur eine Person ein. Und diese Person kennen wir beide."

Das war mehr als gut. Das war genial. Hamm war perplex. Die Lösung hatte vor seinen Augen gelegen, aber er hatte sie nicht gesehen. Sie war fest verpackt gewesen. Heide hatte den Knoten einfach durchgeschnitten. Plötzlich ergab manches einen Sinn.

„Deshalb! Und ich habe mich schon gewundert, dass ich immer noch nichts von der Polizei gehört habe. Wegen des Einbruchs in den Schuppen auf Gättckes Gelände. Er hat mich gar nicht angezeigt! Weil er nicht wollte, dass der Saab aufs Tapet kommt, den ich entdeckt habe. Der ja Unfallspuren hatte."

„Also hat Gättcke den Wagen selber in die Luft gejagt. Oder jagen lassen. Um Spuren zu verwischen. Reparieren lassen konnte er ihn nicht, das hätte Fragen gegeben. Ebenso wenig konnte er das Ding einfach verschwinden lassen. Auch das hätte Verdacht erregen können."

„Indem Gättcke den Saab sprengte, konnte er sich sogar noch als Verfolgter aufspielen. So wird aus allem ein Schuh. Warum bin ich Blödmann bloß nicht früher darauf gekommen!"

„Weil du von zu nahe auf das Bild geguckt hast", sagte sie. „Aus der Nähe verschwimmt so manches. Deshalb beschäftigen manche Firmen externe Berater."

„Ich engagiere dich. Auf der Stelle! Als meinen Coach."

„Auf welcher Couch?"

„Lass uns rasch ins Hotel fahren, Frau Kommissarin. Über alles andere können wir uns später unterhalten."

Am nächsten Tag fuhren sie über die Landstraße C 733 gen Süden. Ibiza-Stadt umfuhren sie weiträumig auf der neuen Autobahn E 20, die zum Flughafen San José führte. Ihr Bau war lange Zeit umstritten gewesen. Kritische Berichte über das Projekt, das ein ortsbekannter Baulöwe angeschoben hatte, waren auch in deutschen Gazetten erschienen. Deren Tenor war, die E 20 sei ein maßloser Umweltfrevel, welcher die Schönheit Ibizas für alle Zeit ruinieren würde. Hamm fand das übertrieben. Die paar Kilometer Umgehungsautobahn hatten Ibiza keineswegs verschandelt. Im Gegenteil, sie entlasteten die chronisch verstopften Straßen in die Stadt, die nun nicht mehr in Lärm und Abgasen erstickte.

„Manche Autobahnen sind gar nicht so schlecht", bemerkte Hamm.

„Kommt drauf an", erwiderte Heide. „Diese hier ist vielleicht ganz praktisch. Aber unsere A 17 ist und bleibt Quatsch. Die kann man sich auch nicht schön reden. Nicht mal schön saufen."

Hamm schwieg. Wer hätte ihr widersprechen können, der klügsten Bücherfrau der Republik?

„Man darf ein Auto nicht wie ein menschliches Wesen behandeln. Ein Auto braucht Liebe."
Walter Röhrl, Rallyefahrer-Legende

13

Er hatte den LKW nicht im Rückspiegel kommen sehen, weil er mit seinem Bordcomputer beschäftigt war. Er fuhr den Wagen nun schon drei Jahre, aber alle Geheimnisse der Bordelektronik hatte er noch nicht lüften können. Er zuckte zusammen, als das dunkelblaue Ungetüm dicht hinter ihm einen Mark erschütternden Fanfarenton ausstieß und zugleich sechs grelle Scheinwerfer aufflammten, zwei in der Mitte und vier an der Stirn des Führerhauses.

Hamms Auto geriet für einen Moment ins Schlingern, weil er vor Schreck das Lenkrad nach links verriss. Aber er konnte den Wagen rasch einfangen. War er zu langsam gefahren für den Geschmack einer dieser fettleibigen, unterbezahlten und überforderten Truckergestalten, die ihr existenzielles Gekniffensein schon mal durch brachiale Machtdemonstrationen auf der Straße kompensieren mussten?

Nicht wirklich. Der Tacho zeigte 80 Stundenkilometer an. Das war schnell genug für die mäandernde, nicht sehr breite Landstraße, deren Belag sich in einem traurigen Zustand befand. Idiot! Er schüttelte die Faust, um dem Fahrer seinen Protest zu signalisieren.

Wieder brüllte das dreistimmige Horn. Die Schweinwerferbatterie flammte auf.

Der LKW wurde schneller. Es schien, als wollte er Hamm rammen.

Ein Irrer? Aus England war der Begriff des „Road rage“ nach Deutschland geschwappt, der für das Phänomen plötzlich Amok fahrender Verkehrsteilnehmer stand. Hamm hatte das für eine typische Übertreibung der Medien gehalten, die aus jedem Einzelfall sofort einen Trend fabrizierten. Aber offenbar gab es diese seltsamen Zeitgenossen wirklich. Er selber hatte gerade einen von ihnen im Nacken. Einfach so, auf der Heimfahrt vom Büro. Entzückend.

Er trat das Gaspedal durch. Die Automatik sprang in den dritten Gang zurück. Der Wagen schoss davon. Der LKW im Spiegel wurde kleiner. Hamm stieß ein Geräusch grimmiger Befriedigung aus. Doch die lange, schnurgerade Strecke war kurz hinter der Ortsumgehung von Bad Klevenstedt zu Ende. Es begann eine kurvenreiche Strecke, deren Ränder sich teilweise abgesenkt hatten. Die Strecke war tempolimitiert und mit rotweißen Begrenzungsschildern verengt worden.

Hamm konnte den Wagen hier nicht ausfahren. Der LKW war wieder hinter ihm. Noch in einiger Entfernung, aber er schien beständig aufzuholen. Es war ein Sattelschlepper ohne Auflieger. Hamm wusste, dass diese Vehikel sehr schnell werden konnten. Kurven durchfuhren sie wegen ihres niedrigen Schwerpunktes mühelos mit Vollgas. Offenbar drückte sein Verfolger wie ein Irrer aufs Pedal.

Die Strecke führte jetzt durch einen Wald. Ein Tempo-70-Schild war überklebt und durch ein 50er-Schild mit dem Zusatz „Achtung Wildwechsel“ ergänzt worden. Hamms Tachonadel stand auf 100. Wenn ein Reh über die Straße lief, was auf dieser Strecke häufig geschah, war er geliefert. Der LKW-Fahrer in seinem massigen Gefährt ging dagegen kein Risiko ein. Hamm sah, wie der dunkelblaue Sattelschlepper näher und näher kam. Er gab noch mehr Gas. Der Abstand zu dem Irren hinter ihm vergrößerte sich etwas. Aber bald würde er wieder schrumpfen. Hinter der nächsten Kurve lag ein Stück besonders schlechter Fahrbahn, wie er von seinen täglichen Bürofahrten wusste. Ein LKW mit seinen mächtigen Reifen war dafür weit besser gerüstet als ein Auto.

Bis zum nächsten Dorf waren es noch acht oder zehn Kilometer. Was tun?

Plötzlich fiel ihm der Weg ein, der kurz vor der Kurve nach rechts in den Wald führte. Anfangs war der Weg noch asphaltiert, endete aber bald an einem Parkplatz, wo Spaziergänger am Wochenende ihre Fahrzeuge abstellten. Hamm hatte hier im letzten Herbst gehalten und in der Umgebung nach Pilzen gesucht, ohne großen Erfolg. Vom Parkplatz führte eine unbefestigte Piste für Jäger und Forstarbeiter in den Wald. Man konnte sie notfalls mit einem normalen PKW befahren, glaubte er sich zu erinnern. Unmöglich aber mit einem Sattelschlepper – viel zu eng standen die Bäume an der Piste.

Er musste es versuchen. Er verringerte die Geschwindigkeit. Der Sattelschlepper im Rückspiegel wurde größer. Kurz vor der Einfahrt stieg er scharf auf die Bremse. Ratternd schlug die Stotterbremse an. Ein kurzer Blick in den Spiegel zeigte ihm, dass auch sein Verfolger hart in die Eisen gegangen war. Dessen Fahrerkabine knickte in der Federung ein. Immer noch halb auf der Bremse, riss Hamm den Wagen nach rechts und schoss in die Einfahrt. Gab sofort wieder Gas und jagte den Wagen bis zum Parkplatz. Vor der Stelle, wo der Piste in den Wald begann, hielt er an, fuhr das Fenster herunter und schaute zurück.

Nichts. Der LKW war vorbei gedonnert, verschwunden wie ein Spuk. Hamm setzte in der Parkplatzzufahrt langsam zurück, bis er die Landstraße nach beiden Seiten einsehen konnte.

Kein Truck. Es war vorbei.

Er überlegte, ob er die Polizei anrufen sollte und entschied sich dagegen. Was konnte er sagen? Dass ihn ein verrückter Trucker gejagt hatte? Sie würden annehmen, dass ihn der andere einfach nur überholen wollte. Dass Hamm womöglich im Schneckentempo durch die Gegend gezuckelt war. Wie es nicht wenige motorisierte Landeier taten, die andere zu Überholmanövern provozierten. Er konnte nicht mal das Kennzeichen seines Verfolgers angeben. Den Truck hatte er deutlich nur durch die verkleinernden Außenspiegel gesehen. Der Rückblick durch das Fenster der Heckraumklappe seines Kombis war permanent vom Trennnetz des Gepäckabteils verdunkelt. Hatte eine Firmenaufschrift auf der Frontpartie des Sattelschleppers gestanden? Er hatte keine bemerkt. Welche LKW-Marke war es gewesen? Er kannte sich damit nicht aus.

Nein, eine Anzeige wäre reine Zeitverschwendung.

Hamm stieg aus dem Wagen und überlegte. Vielleicht war alles ganz harmlos? Harmlos waren Verrückte am Steuer allerdings nie. Und er hatte ja nicht geträumt. Sein Hemd war feucht unter den Achseln. Aber vielleicht war es Zufall gewesen, dass ein frustrierter, ungeduldiger, schlecht entlohnter King of the road hinter ihm gefahren war? Ein Vollidiot, der einfach mal jemandem ordentlich Angst einjagen wollte?

Immer noch besser als die andere Möglichkeit.

Nämlich die, dass Gättcke hinter der Sache steckte.

Hatte Gillmann ihm nicht geraten, gut aufzupassen? Hatte er nicht gesagt, Gättcke sei rachsüchtig und zu so manchem imstande? Hamm wünschte sich, dass es anders war. Dass er nur einem der vielen Verrückten begegnet war, welche die Straßen unsicher machten und früher oder später aus dem Verkehr gezogen wurden, worauf ihnen neue Verrückte nachfolgten. Er wünschte außerdem, dass er nie einen Verletzen auf einem dunklen Deichweg gefunden hätte, nie nach Ägypten geflogen wäre, Gättcke nie begegnet wäre. Und sich überhaupt nie auf die verdammte Sache mit der Autobahn eingelassen hätte.

Aber die Zeit, als wünschen noch geholfen hatte, war schon lange vorbei. Das spürte er.

Hamm stieg ins Auto und fuhr weiter. Vorsichtig, spähend, als fürchtete er, dass wieder der Truck aus einer Nebenstraße geschossen käme und sich an seine Stoßstange hängte. Er schaltete das Radio ein und drückte die Taste des Lokalsenders. Es erklang ein scheußlicher Schlager aus der Steinzeit deutschen Massenliedgutes; einer von der Art, wie ihn der Sender abwechselnd mit angelsächsischen Mainstream-Oldies abnudelte. Er traf damit voll den Geschmack seiner Hörer, wie die Einschaltquoten regelmäßig bewiesen.

Politisch war der Sender, ein lokales Fenster des Staatsrundfunks, einfach und berechenbar, wie die Wortbeiträge immer aufs Neue zeigten. Grundsätzlich war für ihn alles, was irgendwo unternommen oder gebaut wurde, töricht, falsch und böse, sofern es den Lebensraum auch nur eines einzigen Grottenolms bedrohte. Stillstand nicht nur des Klimas, sondern der gesamten Welt war das Idealbild der Redakteure, die unkündbar auf ihren gut dotierten Posten saßen und keinerlei Verständnis für Menschen aufbrachten, die sich erfrechten, irgendetwas bewegen oder neu erfinden zu wollen. Rückbau bedeutete für die Redakteure Fortschritt, jegliche neue Bautätigkeit dagegen erschien ihnen tendenziell als Umweltfrevel, außer es handelte sich um 180 Meter hohe Windräder, die weithin sichtbar die Landschaft verschandelten. Tief verwurzelte Technikfeindlichkeit und ein romantisches Bild von Mütterchen Natur waren in ihren Herzen eine Ehe eingegangen, die allein der Tod scheiden konnte.

Als die Moderatorin ein Interview mit der Sprecherin der Bürgerinitiative gegen die A 17 ankündigte, wusste Hamm sofort, dass es sich um Nele handelte. Und auch, dass sie auf diesem Sender bestens platziert war. Er drehte den Ton lauter.

„Wenn sachliche Aspekte den Ausschlag geben würden, dürfte die Autobahn nicht weiter geplant und erst recht nicht gebaut werden", hörte er Nele sagen. Sie war gut präpariert und geißelte die Mängel bei den Planungsunterlagen ebenso wie Ungenauigkeiten, problematische Schlussfolgerungen, unzureichende Berücksichtigung des Naturschutzes in vielen Bereichen; die Ausklammerung von Umweltverträglichkeitsprüfungen, fehlende Untersuchungstiefe und Umfeldanalyse der FHH-Gebiete, das Fehlen von Unterlagen über das Vorkommen von geschützten Tierarten entlang der geplanten Trasse und vieles mehr. Vor allem kritisierte sie die Bedarfsanalysen der Autobahn-Förderer. Und damit die Geschäftsgrundlage des gesamten Projektes.

„Die Modellrechnungen, auf denen die angeblich zu erwartenden Verkehrszahlen beruhen, sind grotesk fehlerhaft. Reine Wunschvorstellungen. Sie überschätzen das zukünftige Verkehrsaufkommen gröblichst und sind offensichtlich manipuliert worden, um die Notwendigkeit der A 17 auf Teufel komm raus zu unterstützen. Unsere Studien, erstellt durch anerkannte Experten, haben völlig unterschiedliche Ergebnisse erbracht. Sie kommen zu dem Schluss, dass für die Autobahn angesichts vieler Faktoren wie demografische Entwicklung, langfristig steigende Treibstoffpreise und sich abschwächender transnationaler Handel keinerlei Bedarf besteht..."

Die Moderatorin unterbrach: „Aber bringt eine Autobahn nicht auch Entlastungen für die Bürger in den Orten, durch die bis jetzt der Durchgangsverkehr rollt, mit allem Lärm und Gestank?"

Nele schien das Argument erwartet zu haben. Vielleicht hatte die Redakteurin es im Vorgespräch zu dem Interview angekündigt. „Ganz im Gegenteil. Wie der ADAC bei einer Befragung von über 1000 Autobahn nahen Kommunen herausgefunden hat, bringt eine Autobahn noch mehr Belastung für die Dörfer und Städte in ihrer Nähe. Bei jedem Stau fahren viele Fahrzeuge von der Autobahn ab und gehen im wahrsten Sinn über die Dörfer, die dann sofort verstopft sind. Seit die meisten Autos mit Navigationssystemen ausgerüstet sind, ist das Problem noch größer geworden, denn viele Navis melden Staus und schlagen eine Umleitung über Landstraßen vor."

Donnerwetter! Nele hatte ihre Hausaufgaben gemacht. Einmal in Fahrt, fuhr sie munter fort:

„Die A 17 ist nichts anderes als eine gigantische Umweltzerstörung und eine noch größere Verschwendung von Steuergeldern. Von der Autobahn würde nur ein kleiner Kreis bestimmter Leute profitieren. Der allerdings erheblich."

„Wen meinen Sie damit konkret?", hakte die Moderatorin ein.

„Es ist doch kein Geheimnis, dass die Besitzer von Baufirmen, Industriebetrieben, Speditionen und autobahnnahen Gewerbeflächen die Planungen tatkräftig unterstützen! Sie laden dafür Politiker und Planer sogar auf Lustreisen ein, wie man erst kürzlich den Medien entnehmen konnte. Palermo ist nicht weit von hier entfernt, wie es scheint. Übrigens…" Nele versuchte, ihrer brüchigen Stimme einen bedeutungsschwangeren Unterton zu verleihen. „…würde es mich sehr wundern, wenn das schon der letzte Fall von Korruption gewesen wäre, von dem wir in Sachen A 17 erfahren."

Genau! Da war doch noch was gewesen! Der St. Pauli-Trip der Autobahnfetischisten! Wann kochte der endlich mal hoch? Wann ging das Medienfeuerwerk los, das Schleicher inszenieren wollte?

Hamm wartete, bis das aufgezeichnete Interview beendet war und rief Nele an.

„Starker Auftritt! Allerdings auch ein Heimspiel, in diesem Sender."

„Geschenkt. Die Moderatorin ist bei den Grünen. Ich war mal mit ihr befreundet."

„He, he", machte Hamm. Er war nicht überrascht. 90 Prozent der Redakteure des Staatssenders, so schätzte er, waren Sympathisanten von SPD, Grünen und der Linken. Vielleicht lag der Anteil noch höher.

„Weswegen ich anrufe: Was ist mit Schleichers konzertierter Medienaktion wegen der…"

„Psssscht", machte Nele. Sie hatte einen gewissen Hang zu Verschwörungstheorien und Paranoia entwickelt, seit sie in der BI arbeitete. Dazu gehörte, dass sie allzeit Telefonüberwachung witterte. „Ich weiß, was du meinst. Sprich es nicht aus, okay? Big Brother, verstehst du?"

„Okay, okay. Was ist also mit Schleicher?"

„Er kommt irgendwie nicht zu Potte. Manchmal denke ich, er will uns hinhalten. Angeblich ist es schwierig, den

Redakteuren überregionaler Medien lokale Skandale zu verkaufen. Er bleibt aber am Ball, sagt er."

„Bis das Match abgepfiffen wird, oder was? Ich sage dir, Nele, da müsst ihr jetzt was unternehmen. Butter bei die Fische, ja? Ihr könnt den Puffbes …."

„Psssschtttt!" fuhr ihn Nele an.

„Ihr könntet den besagten Ausflug Gillmann vom Küstenboten zuspielen. Der druckt ihn mit Kusshand. Gillmann geht schon jetzt ganz in seiner Rolle als großer Enthüllungsjournalist auf. Vom Küstenboten rutscht die Story dann ins Abendblatt, und dann melden sich Sender und Magazine von selber. Genau so lief das auch beim Skandal um diesen maroden Vergnügungspark in der Eiffel."

Nele schwieg eine kleine Weile. „Gut, vielleicht haben wir mit Schleicher zu hoch gepokert. Vielleicht ist er längst raus aus dem Geschäft und gibt nur noch an mit seinen angeblichen Kontakten."

„Vielleicht. Oder es steckt was ganz anderes dahinter."

„Verdammt, ich kenne mich einfach nicht aus mit diesem Medienkram! Bernhard, kannst du uns nochmal helfen? Krieg raus, ob Schleicher ein Spinner ist. Wenn ja, dann mach Gillmann auf die Story heiß. Wirst du?"

Hamm seufzte unhörbar. Eben noch hatte er geschworen, sich fürderhin aus allem raus zu halten, was ein großes A und eine Nummer dahinter trug. Schwupps, war er wieder im Autobahn-Spiel. Der reine Autowahn!

„Dies eine Mal noch, Nele. Dann nehme ich aber die nächste Abfahrt. Last exit to Söderfleth, verstehst du?"

Er drückte das Gespräch weg. Nun gut, einmal noch in die Bütt. Schleicher würde er schnell auf die Schliche kommen. Diesen Typ kannte er nur zu gut.

„Es muss wie ein Unfall aussehen."
Meisterteilte Anweisung an Auftragsmörder, seit es Kriminalfilme gibt

14

„Manche atmen noch", sagte Dr. Brunkhorst. „Die werden dann sofort ins Bundeswehrkrankenhaus nach Bremerhaven geflogen. Da steht eine Dekompressionskammer, da haben sie eine Chance. Vorausgesetzt, es klappt alles wie am Schnürchen mit dem Transport. Der Heli muss ganz schnell am See sein. Aber das ist hier eigentlich schon Routine. Tote und Schwerverletzte haben wir ja jedes Jahr."

Hamm saß auf einem stationären Fahrrad und strampelte gegen den wachsenden Widerstand der Pedale an, welchen Brunkhorst alle zwei Minuten mittels eines Schalters verstärkte. Er schwitzte. Sein Blick ging aus dem Fenster über den so genannten Kreidesee von Moorhausen. Er konnte den ganzen See überblicken. Das Haus des Taucherarztes stand auf einer Anhöhe. Hamm machte ein EKG. Das gehörte zu den Tests, die für eine taucherärztliche Bescheinigung notwenig waren, wie Hamm sie brauchte. Er war lange nicht unter Wasser gewesen und musste wissen, wie es um seine Fitness stand. Außerdem würde er ohne eine aktuelle Bescheinigung bei keiner seriösen Tauchbasis bedient werden.

„Manche sind schon tot, wenn ich sie untersuche. Nimmt man ertrunkenen Tauchern die Maske ab, sprudelt aus Mund und Nase blutiger Schaum. Das kommt, weil das Wasser den Schutzfilm der Lunge zerstört.“ Brunkhorst liebte es, seinen Patienten gruselige Geschichten zu erzählen. Davon hatte er genug auf Lager. Zwanzig Jahre Praxis am Kreidesee, einem der meistbetauchtesten und gefährlichsten Gewässer des Landes – der Doc hatte so einiges gesehen.

„Wir hatten da mal einen schwergewichtigen Extremtaucher, der sich zu lange in Tiefen bis 53 Meter herumtrieb. Arme, Beine, Rücken, alles war danach gelähmt. Der musste jahrelang in die Therapie. Ob er je wieder gesund geworden ist? Sie können jetzt absteigen.“ Er warf einen Blick auf die im Computer gespeicherten Daten. „Einwandfrei. Erst recht für ihr Alter. Treiben Sie Sport?“

Hamm lächelte schwach. „Wenn man so will. Ich habe einen Resthof.“

„Aha.“ Der Doc verstand. Ein Hof bedeutete Arbeit, Arbeit ohne Ende. Er unterschrieb das Zeugnis und gab es Hamm. „Wollen Sie im Kreidesee tauchen? Unterschätzen Sie das Monster nicht. Ich will Ihnen nicht die Maske abnehmen müssen. Sie wissen schon.“

Das Monster. Der „Todessee“, wie ihn eine Boulevardzeitung getauft hatte. Es handelte sich um eine ehemalige Kreidegrube, die bis zu 60 Meter tief war. Ein Jahrhundert lang hatte sie Moorhausen ernährt. Bis der Abbau der Kreide, die man für die Zementproduktion braucht, unwirtschaftlich geworden war. Als der Betrieb geschlossen und die Pumpen abgestellt wurden, begann das riesige Baggerloch, sich mit Wasser zu füllen. Ein See entstand. Seit den 1980er-Jahren war er zum Dorado von Unterwasserfreaks geworden.

Taucher aus ganz Deutschland und dem benachbarten Ausland entdeckten das tiefe, kalte, dunkle Gewässer als Herausforderung. Als Mutprobe, die ein echter

Taucherkerl zu bestehen hatte. Es gab inzwischen sogar T-Shirts mit der Aufschrift „I survived Moorhausen“. Um den See war eine regelrechte Taucherindustrie entstanden; mit Tauchbasen und Campingplätzen und Ferienhäusern für Taucher. Über 30 000 Taucher besuchten jedes Jahr das berüchtigte Loch. Selbst im Winter reisten Tiefenbesessene an.

Immer wieder gab es Unfälle, auch Todesfälle. Deren Rate war nicht mal dramatisch hoch, in Anbetracht der 100.000 Tauchgänge im Jahr. 0,02 Prozent Todesfälle, hatte die Betreibergesellschaft ausgerechnet. Restrisiko. Alles eine Frage der statistischen Betrachtung, dachte Hamm. Doch der See erwarb sich nach und nach einen Ruf wie Donnerhall, den jeder neue Unfall nur verstärkte. Es kamen dadurch nicht etwa weniger, sondern noch mehr Taucher nach Moorhausen.

Hamm war auf Taucherbooten durch exklusive Reviere in Asien und in der Karibik geschippert, wo man sich manchmal auf dem Deck – über was unterhielt? Über den Todessee von Moorhausen! Er war zu einem mythischen Platz avanciert. Hamm hatte es kaum glauben können.

Ein einziges Mal, hatte er sich vorgenommen, wollte auch er sich in das blöde Baggerloch versenken. Einfach, um endlich zu begreifen, worin dessen Faszination möglicherweise bestand.

Na, mal sehen. Ein Held, wusste Hamm, war er nicht. Weder unter noch über Wasser.

„Ein gutes Pferd springt nicht höher als es muss."
Pferdezüchterweisheit

15

Heide klang erfreut, als er sie anrief. „Endlich ein Lebenszeichen. Ich dachte schon, du wärst auf Tauchstation gegangen."

Er musste lachen. „War ich auch, sozusagen." Er erzählte von seinem Check-up und von seiner Arbeit. Er hatte die ganze Woche lang auf großer Flamme geackert, meistens bis Mitternacht. Zwischendurch war er nach Frankfurt gedüst, um bei einem Branchenverband vorzusprechen. In Hamburg hatte er bei einem Tourismusforschungsinstitut gut Wetter gemacht. Alles zu einem einzigen Zweck: um sicherzustellen, dass van Dijk in diesem Jahr die „Innova" bekam, die begehrte Auszeichnung der Vereinigung mittelständischer Unternehmen. Der Preis wurde Unternehmern verliehen, die es verstanden, ihre Firmen immer wieder an aktuelle Wirtschaftsentwicklungen anzupassen und auf diese Weise Krisen zu trotzen.

„Van Dijk ist versessen auf solche Trophäen. Er behauptet natürlich, sie interessierten ihn nur aus geschäftlichen Gründen, als kostenlose Werbung für Transwelt. In Wahrheit ist so eine Preisverleihung mit den ganzen Reden und allem Pipapo für ihn wie Weihnachten und Ostern zusammen."

Ihm fiel ein, dass Heide eventuell andere Dinge interessierten als Döntjes über seinen eitlen Boss.

„Wann sehen wir uns?"

„Heute Abend, wenn du willst. Karla Sievert liest in der Buchhandlung aus ihrem neuen Werk ‚Carlotta oder

der innere Herzenstisch'. Reiner Frauenkram, nix für dich. Komm lieber erst zum Schluss, so gegen zehn Uhr. Schleicher hält die Einführungsrede."

„Schleicher? Trifft sich gut. Mit dem wollte ich sowieso mal ein paar Takte reden. Hasta luego, Baby." Er schnalzte ein Kussgeräusch ins Handy. Schleicher! Mal sehen, wie er sich da raus winden würde, der Mehlwurm.

Heide hatte Recht gehabt. Karla Sievert war ein bizarres Huhn, das gut in diese Gegend passte, die voller schräger Vögel war. Man konnte mit ihr am Kneipentisch Spaß haben und einen ausknobeln und wunderbar klatschen und tratschen. Aber ihre Prosa, nein, die musste man sich nicht antun. Hamm jedenfalls fand die Mischung aus christlich grundierter Esoterik und sehr expliziten Feuchtgebietsbegehungen eher Trieb dämpfend. Im späteren Verlauf des Abends, wenn er mit Heide allein war, würde sich das aber schnell legen.

Wie er aus Erfahrung wusste.

Er überstand mit Mühe einige Passagen der Lesung, bevor er, scheinbar zufällig, Schleicher gegenüber stand. Der hatte sich an die improvisierte Sektbar im hinteren Teil der Buchhandlung geflüchtet und ließ gerade sein Glas nachfüllen.

„Mein liiiieber Hamm!", rief er. Lieber mit sehr langem i. Das war die Schleicher-übliche Art, vollste Verachtung zu zeigen. „Hätte nicht gedacht, dass Sie sich noch immer für die schöne Literatur interessieren. Sie sind doch jetzt Reiseführer oder so was, habe ich gehört?"

Hamm zeigte keine Wirkung. „Ganz recht. Meine Firma hat sich auf hochwertige Seniorenreisen spezialisiert. Soll ich Ihnen mal Kataloge zusenden lassen?" Schleicher war fast 20 Jahre älter als Hamm. Er wusste, dass Schleicher mit dem Alter ein Problem hatte. Er gab sich gern betont jugendlich und umwarb junge Frauen bis an die Schmerzgrenze. „Für den muss man sich ja fremdschämen", hatte Nele mal gesagt, als sich Schleicher im Ewer vor Yvonne wie ein alter Gockel aufführte.

„Da wir schon mal am Plaudern sind", fuhr Hamm fort, „was macht eigentlich Ihr großer Mediencoup? Nele fragt sich das, genau wie die anderen von der BI. Wann erscheint endlich was in der Presse über diese St. Pauli-Tour?"

Schleicher setzte eine Sorgenmiene auf. „Tja, da gibt es leider ein Problem …"

„Lassen Sie mich raten. Die meisten Ihrer früheren Kontakte sind verstorben, und den neuen Ressortleitern in den Redaktionen ist die Story zu piefig?"

„Weder noch, " entgegnete Schleicher eisig. Er schien nun doch ziemlich angefasst von Hamms Sticheleien. „Problem ist, es gibt keine Story."

„Wie, Sie haben doch die Unterlagen von Nele bekommen?"

„Mein Liiiiiieber!" Schleicher ließ seine Hand jovial auf Hamms Schulter fallen. „Sie waren doch auch mal Journalist, nicht wahr? Und was macht ein guter Journalist, na? Wissen Sie's noch? Richtig, er checkt die Beweise ab, die man ihm zuspielt, bevor er etwas in die Welt hinaus posaunt. Und genau das haben die Leute bei einem nicht ganz unbekannten Hamburger Magazin gemacht. Was soll ich Ihnen sagen: Da kam nur heiße Luft raus. Habe mich ganz schön blamiert bei den Kollegen."

Er, blamiert! Bei den Kollegen. Dabei kennt kein Schwanz ihn mehr, dachte Hamm. Er zieht nur noch so durch die Gegend und hält Sonntagsansprachen. Manchmal laden sie ihn noch in Talkshows ein, wo er Volksreden über „Ethik in der Informationsgesellschaft" hält.

Ausgerechnet der. Schleicher war der verschlagenste Medienhund, den sich Hamm vorstellen konnte. Immer mit der Nase im Wind gewesen, als er noch was zu sagen hatte, aalglatt die Seiten wechselnd, wie die Zeitläufte es gerade erforderten.

Aber was war mit den Beweisen? Es gab doch Bewirtungsbelege!

Schleicher lachte höhnisch.

„Ja, die Howereit KG hat Spesenquittungen über exakt den Betrag ausgestellt, der auf der Belegkopie von Nele steht. Zu dumm nur, im Original steht ein anderer Name drauf. Nämlich der einer koreanischen Elektronikfirma, deren Abgesandte das ‚Plaisir' an diesem Abend beehrt haben. Sind längst wieder in Seoul. Oder in Pjöngjang?" Schleicher gackerte ausgiebig. „Was Nele da hat, ist jedenfalls eine Fälschung."

Hamm hatte das vage Gefühl, dass Schleicher über diesen Umstand nicht traurig war. Wie kam's? Hatte er sich nicht geradezu aufgedrängt, die neuerliche Korruptionsaffäre an die große Glocke zu hängen?

„Haben Sie schon mal daran gedacht, dass es auch umgekehrt sein könnte?"

Schleicher runzelte die Stirn. „Was meinen Sie mit umgekehrt?"

„Ich meine, dass es doch möglich ist, dass Neles Kopie vielleicht den echten Beleg zeigt. Der inzwischen durch einen unechten ersetzt wurde."

„Warum sollte der Buchhalter oder wer immer bei der Howereit KG so was machen? Die haben doch gar keinen Grund für eine Manipulation."

„Wer weiß …" Hamm entschloss sich, Schleicher nicht im Unklaren darüber zu lassen, wie er, Hamm, von ihm dachte.

„Wissen Sie, was ich glaube, mein Liiiieber? Ich glaube, dass Sie sich möglicherweise schon etwas zu lange im Ruheraum des Lebens aufhalten." Er bemerkte zu seiner Freude, dass sich Schleichers Miene verfinsterte. „Vielleicht haben ihre kritischen Instinkte Sie verlassen, falls Sie jemals welche hatten." Das war jetzt ein offener Affront. Schleicher hatte stets seine Legende gepflegt, ein kritischer Geist zu sein, der „den Mächtigen" mehr als einmal auf die Füße getreten war. Aber Hamm wusste, dass dies größtenteils Schleichers eigene Version war, die er geschickt in Umlauf gebracht hatte.

„Und deshalb werde ich mich jetzt mal selber ein bisschen um den Fall kümmern. Hier stinkt was." Er stellte die Nasenflügel breit. „Ich rieche das."

„Denn man tau, Mr. Woodward." Schleicher hatte seine aufwallende Wut unterdrückt und gab sich stattdessen weltmännisch-ironisch. „Wenn's denn der Wahrheitsfindung dient. Aber brechen Sie nicht gleich wieder irgendwo ein, um an Beweise zu kommen." Gar nicht so übel als Replik, dachte Hamm einen Moment. Aber dann verwarf er den Gedanken. Cheap shot. Lag ja nahe, dass Schleicher ihn an den Einbruch ins Haus eines toten Schriftstellers erinnerte, der Hamm vor etlichen Jahren seinen Job als Journalist gekostet hatte. Den Fall kannte jeder in der Branche. Noch heute.

„Gebe mir Mühe. Sie werden in jedem Fall lesen, wie es ausgegangen ist." Meine Güte, dachte Hamm, du haust ganz schön auf den Pudding. Doch das musste sein. Er fühlte, dass Schleicher ihn an der Nase herumführen wollte. Da war irgendetwas …

Aber Schleicher ließ sich nicht provozieren. Er trank sein Glas mit einem hühnerhaften Kopfruck leer, bei dem das Faltengebirge seines Halses hervorquoll, stellte das

Glas auf einem Bücherregal ab, hob den Arm und wedelte mit der Hand, als wolle er ein lästiges Insekt verscheuchen. „Viel Glück." Damit trat er ab.

Hamm folgte ihm nicht in den Leseraum. Er ging aus der Buchhandlung auf die Straße und genoss die abendkühle, unverbrauchte Luft. Ja, er würde etwas unternehmen. Was es sein würde, wusste er noch nicht. Nur, dass es morgen sein würde. Heute hatte er etwas anderes vor. Wann sollte die blöde Lesung über den inneren Herzenstisch zu Ende sein? Zehn Uhr? Noch zwanzig Minuten, und er würde Heide für sich haben.

Oder konnte es sein, dass sich im Fall Gättcke alles ganz anders verhielt? Die Dinge verschwammen irgendwie, wenn er länger über sie nachdachte.

„Ich habe versucht, ehrlich zu sein. Aber in Maßen."
Helmut Kohl

16

„Wie es läuft? Prächtig läuft es! Könnte nicht besser laufen!" Gillmann saß hinter seinem Schreibtisch, der eine Nummer zu groß war für einen Mann in seiner Position. An der Decke klebten Neonleuchten, was zwei Nummern zu schäbig wirkte für einen Mann in seiner Position. Etwas Schick spendete eine italienische Niedervoltlampe. Sie war auch notwendig, denn das Büro des Chefredakteurs lag wie alle Räume des Küstenboten in einem fabrikähnlichen Waschbetonbau aus den siebziger Jahren, dessen Architekt offenbar kein Freund großzügig bemessener Fenster gewesen war.

Genau besehen, hockte Gillmann. Und zwar auf einem großen, roten, ballähnlichen Gummiteil, das leise quietschende Geräusche von sich gab, sobald der Chefredakteur sich bewegte. Gillmann litt unter Rückenschmerzen. Wie er Hamm erklärt hatte, sollte der Ball ihm eine aufrechte Sitzposition aufzwingen. So würden die Schmerzen auf längere Sicht verschwinden. Tipp seines Physiotherapeuten.

Das ist die Provinz, dachte Hamm. Kein Mensch in Hamburg saß mehr auf solch albernen Gummimöbeln, die kurzzeitig Mode gewesen waren. Zumal ihr angeblicher Nutzen für das menschliche Skelett sich schon bald als Lug und Trug erwiesen hatte. Wenn Gillmann jeden Morgen vor dem Büro ins Hallenbad ginge, wäre das für seinen Rücken entschieden besser. Aber „Sport ist Mord", pflegte Gillmann zu scherzen und versäumte auch nie, den vermeintlichen Urheber des Spruches zu nennen: Winston Churchill. Mit ihm verband Gillmann noch mehr, nämlich die Freundschaft zu Hochprozentigem. Es musste kein Whisky sein. Die Herren Helbing, Jubi oder Bismarck taten es auch.

„Hat etwas gedauert, bis sich die lieben Kollegen auf die Sache einließen", erklärte Gillmann. „Aber jetzt kommt die Sache in die Gänge. Die Hannoversche Allgemeine hat letzte Woche berichtet, dann zog das Abendblatt mit einem Stück nach. Beide mit langen Zitaten aus dem Boten! Fast täglich rufen mich Kollegen an. Spiegel online ist auch dran, habe ich läuten gehört." Er beugte sich vor – der Gummiball quietschte vernehmlich – und stützte die Arme auf den Schreibtisch wie ein bis zur schonungslosesten Investigation entschlossener Talkshow-Moderator. „Am Boten kommt keiner vorbei! Lasse mir natürlich vor jedem Interview schriftlich bestätigen, dass unser Blatt in der Sache gebührend gewürdigt wird. Kenne doch meine lieben Kollegen. Am liebsten würden sie die Story abkochen, ohne uns zu nennen."

Er grinste wissend. Gillmann, der Profi.

Anscheinend hat er vergessen, wem er die Story eigentlich verdankt, dachte Hamm. Egal, sei's drum. Umso besser. Sein Besuch beim Boten-Chef war ja so etwas wie ein kleiner Canossagang. Er räusperte sich.

„Kurt, es gibt bei der A 17-Geschichte noch eine spannende Fortsetzung. Nele hat sie dir nicht gesteckt, weil sie dachte ... Na ja, sie wollte wohl das große Rad drehen, pressemäßig. Vielleicht war es ein bisschen zu groß."

Gillmann lehnte sich auf seinem gallertartigen Quietschmöbel zurück. Fast wäre er dabei hintenüber gekippt. In letzter Sekunde hielt er das Gleichgewicht. „Lass hören."

Hamm berichtete von dem vorerst gescheiterten Versuch, den erotischen Ausflug der Autobahn-Enthusiasten groß raus zu bringen. Schleichers seltsame Rolle dabei würdigte er ausführlich. „Erst tat er hoch interessiert und gab groß mit seinen Beziehungen zur Spitzenjournaille an. Dann auf einmal das genaue Gegenteil: Beweise taugen nichts, alles nur heiße Luft, er habe sich geradezu blamiert und so fort. Verstehst du das?"

Der Chefredakteur war weit davon entfernt, beleidigt zu wirken. Er stieß ein herzhaftes, lang anhaltendes Gewieher aus, das Hamm irritierte. Was war so komisch an der Idee, Schleicher einzuschalten? Immerhin besaß er ein Interesse daran, dass die Autobahn nicht gebaut wurde.

Gillmann hatte sich wieder eingekriegt. Er schien Hamms Gedanken lesen zu können. „Ihr habt ernsthaft geglaubt, Schleicher zieht am selben Strang wie die BI?" Er wieherte erneut wie ein Deckhengst in Aktion. „Es ist genau umgekehrt. Er will, dass die A 17 gebaut wird, und zwar genau so, wie sie als Trasse 2 geplant ist. Den Mann für euch einspannen zu wollen, war so ungefähr das Dümmste, was ihr machen konntet."

„Aber er sagt doch..."

„Schleicher sagt viel, wenn der Tag lang ist. Vor allem sagt er jedem was anderes. Jetzt sag' ich dir mal was, ganz unter uns. Schleicher will, dass die Autobahn gebaut wird, weil er davon nur Vorteile hat. Er hört und sieht nichts davon, aber seine Ranch ist plötzlich verkehrstechnisch fabelhaft angebunden. Die steigt mächtig im Wert, sobald die Planungen abgesegnet sind. Zumal eine Anschlussstelle der A 17 an einer Stelle gebaut werden soll, die zu Schleichers Hof passt wie die Faust aufs Auge. Nur 15 Kilometer entfernt!"

Er setzte sich auf dem Gummiball leicht um und geriet sofort ins Schwanken. „Und noch was: Wenn die A 17 in der bis jetzt favorisierten Variante 2 verhindert wird, kommt vielleicht irgendwann eine nördliche Variante zum Zuge. Variante 1, die bisher bei der Planung zurückgestellt wurde. Die allerdings würde ganz nah an Schleichers Hütte vorbei gehen. Verstehst du jetzt?"

„Nicht wirklich. Warum engagiert er sich dann so bei der BI?"

„Weil er sie auf die Art wunderschön ausspionieren kann, deshalb! Ich wette, dass vieles, was die Autobahngegner unternehmen, schon vorab bei der Handelskammer rumgeht. Wette ferner, dass die Geschichte mit dem Bewirtungsbeleg, auf dem jetzt wundersamerweise andere Namen stehen, indirekt Schleichers Werk ist. Der hat das Material todsicher den anderen zugespielt. Vielleicht dem Gättcke selber. Ich habe Schleicher mal auf einem Termin mit Gättcke reden sehen. Die beiden schienen ganz gute Kumpels zu sein."

„Kumpels sicher nicht. Dazu ist Schleicher zu arrogant. Aber vielleicht Verbündete?" Hamm überlegte. „Und wie haben sie das mit dem Beleg gefingert? Ich meine, Hamburg, das ist ein anderes Pflaster…"

„Weiß der Henker. Vielleicht haben sie diesen Reeperbahn-Zampano, dem die Betreiberfirma des Bumsschuppens gehört, irgendwie unter Druck gesetzt. Gättcke, habe ich läuten gehört, hat angeblich eine eigene Leibgarde auf seiner Lohnliste. Rumänen. Das sollen brutale Typen sein. In seinem Gewerbe sicher ganz nützlich."

Hamm seufzte. Angeblich! Hätte, sollte, könnte! Und dann noch Rumänen! Die neuen Schlimmfinger, schlimmer als Russenmafia und Cosa Nostra zusammen! Alles nur vages Gerede. Was jetzt gebraucht wurde, war eine clevere, solide, handwerklich saubere Recherche. Aus der ein journalistischer Torpedo hervorgehen müsste, welcher das Unternehmen Autobahn versenken könnte. Oder zumindest um Jahre zurückwerfen.

Er machte einen Vorstoß in diese Richtung. Aber Gillmann winkte ab.

„Nicht meine Kragenweite. Hör mal, der Bote ist nicht der Spiegel! Wir haben weder Geld noch die richtigen Leute für Investigatives. Außerdem, es läuft doch alles bestens? Die Grünen im Landtag haben Blut geleckt, fordern bereits einen Untersuchungsausschuss in Sachen A 17. Könnte was draus werden. Denn nach den nächsten Wahlen werden Ökos vielleicht als Koalitionspartner gebraucht. Lies mal die Umfragen."

Richtig enttäuscht war Hamm nicht. Er hatte geahnt, dass Gillmann keine Hilfe sein würde. Der druckte Geschichten allenfalls dann, wenn sie ihm einer auf dem Tablett servierte, bis ins Detail wasserdicht gemacht. „Also, was soll die BI tun? Das Material vergessen? Klein beigeben? Was meinst du?"

„Marc Schneider", sagte der Chefredakteur. „Das ist ein zäher Junge. Und er ist hungrig. Der lässt sich nicht verarschen. Wenn ihr Marc für die Story interessieren könnt, habt ihr gute Chancen."

„Warum setzt du ihn dann nicht selber auf die Sache an?"

„Etatprobleme. So eine Recherche kostet. Das müsst ihr übrigens wissen. Und dann..." Gillmann seufzte. Aber es klang nicht lamentierend, eher abgeklärt. „Weißt du, allzu tief will ich meine Rübe denn doch nicht in diesen IHK-Sumpf stecken. Da stehen mir zu viele Anzeigen auf dem Spiel, du verstehst..."

Und wie Hamm verstand. Der Bote machte jetzt auf

neutral. Wahrscheinlich war Gillmann von der Verlegerfamilie ermahnt worden, es mit dem Enthüllen nicht zu übertreiben.

Hamm stand auf. „Danke trotzdem. Für die Offenheit. Ich werde mal ein Wort mit diesem Marc reden. Am Geld soll es nicht scheitern. Zahle die Spesen notfalls aus meiner Tasche."

„Was mich mal interessiert: Was für Aktien hast du eigentlich in der Sache?" Gillmann stellte eine Frage, die sich Hamm schon ein Dutzend Mal selber gestellt hatte. Er dachte kurz an den LKW, der ihn verfolgt hatte, an Gillmanns Warnung und an ein paar EU-Bürger, deren Lebensmittelpunkt einst im fernen Bukarest gelegen hatte und die nun womöglich für Gättcke arbeiteten. Als LKW-Fahrer, zum Beispiel? „Dieses Autobahnding", insistierte Gillmann, „das war doch ursprünglich gar nicht dein Bier?"

„Richtig", bestätigte Hamm. „Hab es soeben zu meinem Bier gemacht."

„Wenn der Tiger stirbt, hinterlässt er sein Fell.
Wenn ein Mensch stirbt, möge er
seinen Namen hinterlassen.“
Konfuzius

17

An den Wänden, die eine deutliche Schrägung aufwiesen – das Arbeitszimmer lag im Obergeschoss der Kate –, war kaum eine Stelle zu sehen, an der nicht Notizzettel, Fotokopien, Ausrisse aus Zeitungen und Magazinen oder Ausdrucke von Websites hingen. Noch mehr Papier, zum Teil stapelweise übereinander geschichtet, zum Teil in Form von Büchern und Zeitschriften getürmt, lag auf Tapetentischen, die den größten Teil des Raumes okkupierten. Mindestens ein Dutzend Hängeregistraturen stand unter den Tischen, jede Ablage darin sauber beschriftet und prallvoll mit Material. Wenn man überhaupt eine Ordnung in dem Chaos ausmachen konnte, dann diese: in dem papierenen Inferno schien es unterschiedliche Zentren zu geben, denen jeweils ein oder mehrere Fotos von Männern – nur in zwei Fällen handelte sich um Frauen – zugeteilt zu sein schienen.

Hamm betrachtete die Bilder. Er versuchte, sich einen Reim auf die seltsame Installation zu machen. Einige Personen auf den Fotos erkannte er sofort. Es handelte sich um Politiker, Schriftsteller, Sportler, Musiker, Theater- und Fernsehschauspieler. Ein einstmals berühmter Regisseur, der auch vor der Kamera gestanden hatte, war dabei. Ferner zwei Unternehmer-Urgesteine, die man mit ihren Produkten identifizierte. Doch weit über die Hälfte der auf den Fotos Abgebildeten war Hamm unbekannt. Was sie mit der ersten, prominenten Gruppe verband, war das Alter. Alle Personen, mit Ausnahme eines heroinabhängigen Rocksängers, hatten ihren 60. Geburtstag wohl schon vor langer Zeit gefeiert.

Und wer mochten die beiden Männer auf einem Bild sein, das offenbar vor Jahrzehnten entstanden war, der Machart nach zu urteilen?

„Das sind die Brüder Bückeberger", erklärte Marc Schneider. „Die Inhaber des Condi-Konzerns. Die reichsten Männer der Republik, wenn man dem Manager Magazin glauben darf. Es gibt praktisch keine aktuellen Bilder von ihnen. Niemand weiß, wo und wie sie leben. Sie lassen sich seit vielen Jahren nicht mehr fotografieren. Gehen nie in die Öffentlichkeit, auf keine Party, keinen Empfang. Panische Angst vor Erpressern und Geiselgangstern. Hätte ich auch, bei der Kohle." Er lachte. „Das ist auch der Tenor meines Nachrufs. Der Fluch des großen Geldes. Armer reicher Mann, so was in der Art. Wissen Sie, man muss wenigstens so etwas wie eine Botschaft aus dem Hut zaubern, wenn man schon mit den Fakten knapp ist."

Hamm staunte. „Sie haben bereits Nachrufe auf die beiden in der Schublade, obwohl sie wahrscheinlich quicklebendig sind?"

„Das ist meine Geschäftsidee. Würde ich mit dem Recherchieren und Schreiben erst anfangen, wenn die Todesnachricht kommt, wäre es zu spät. Das können die Zeitungen oder die Sender oder die Online-Dienste selber leisten. Nein, ich biete sofort nach der Todesnachricht meine Nachrufe den Medien an."

„Und das klappt?"

„Auf meinem Verteiler sind 80 Adressen. Genügt

vollauf, wenn ein Drittel davon den Text druckt. Es ist ja nur eine einzige Arbeit für mich gewesen, verstehen Sie. So eine Mehrfachverwertung gibt es sonst nur bei Reiseartikeln."

„Nach welchen Kriterien stellen Sie Ihre Todesliste auf?"

„In erster Linie nach dem Alter der Personen, das ist klar. Oder nach dem Erhaltungszustand. In der Popmusikbranche wird bekanntlich früher gestorben als anderswo."

„Gibt es unter Ihren Texten Ladenhüter?"

Schneider seufzte. „Ich sitze auf mehreren Nachrufen über Politiker, die sich anscheinend vorgenommen haben, Joopie Heesters zu toppen. Außerdem habe ich da einen Großschriftsteller im Angebot, von dem die meisten denken, er sei längst tot. Irrtum, der ist quicklebendig. Wenn ich Pech habe, überlebt der mich noch."

Nachrufe seien dennoch eine relativ stabile Einnahmequelle, erklärte Schneider. „Man kann davon nicht leben, klar. Aber die Miete zahlen. Und sich leichter auf die spannenden Jobs einlassen. Wo man nie weiß, was hinterher rauskommt."

Das war für Hamm das Stichwort. Er war zu Schneiders Häuschen im Moor gefahren, um einen Eindruck von dem Mann zu bekommen, auf den Gillmann große Stücke hielt. Der Eindruck war gut. Schneider schien sein Handwerk zu verstehen, obwohl er sicherlich nicht älter als Anfang dreißig war. Allerdings war er bereits zur Hälfte von grassierendem Haarausfall geplagt. Ein genetischer Defekt, der sich nach Hamms Beobachtung in der jungen Männergeneration epidemisch ausbreitete.

Schneider arbeitete als freier Journalist für verschiedene Blätter und Online-Redaktionen und machte kein

Hehl daraus, dass er einen zähen Kampf ums Überleben führte. Freier zu sein war kein Zuckerschlecken in diesen Tagen. Hamm erinnerte sich fast mit Schuldgefühlen an seine eigene Zeit als Journalist, als gut bezahlter Schönschreiber eines angesehenen Blattes. Einen Traumjob hatte er damals gehabt, nach heutigen Maßstäben. Den er sich selbst vermasselt hatte, durch einen dummen, unverzeihlichen Fehler. Er schüttelte die Erinnerung ab. Nach vorn geht der Blick! Zurück darf kein Seemann schauen.

Er sah Schneider an. „Genau so einen Job hab' ich für Sie. Wo keiner weiß, was rauskommt. Könnte aber ein dickes Ei sein." Hamm erklärte die Hintergründe. Schneider begriff schnell. Das Ganze spielte auf einem Terrain, auf dem er sich gut auskannte. Sogar die meisten Mitspieler waren ihm nicht fremd. „Wenn ich es richtig verstanden habe, geht es in der Hauptsache um zwei Punkte", fasste er zusammen. „Erstens, wer hat dafür gesorgt, dass Waschnewskis Beweis plötzlich keiner mehr war. Dazu werde ich mir diesen Ralf Möller vorknöpfen. Wie, weiß ich noch nicht. Zweitens, welche Rolle spielt Schleicher. Der Herr ist mir übrigens eine Herzensangelegenheit, dieser aufgeblasene Heißluftballon. Den anzupieksen, dass es fffttt macht, würde mir ein Genuss sein."

Wahrscheinlich hatte ihn Schleicher im Alten Ewer irgendwann mal auf die unnachahmliche Schleicher-Art gesnobt. Hamm konnte sich lebhaft vorstellen, wie das alte Großmaul mit jungen Kollegen umsprang, die nach seiner Ansicht von nichts eine Ahnung hatten. Wie auch immer, ein paar Rachegelüste konnten der Wahrheitsfindung nicht schaden. Im Gegenteil.

Hamm kam jetzt auf die Hauptsache. „Es gibt noch einen dritten Punkt, und der heißt Gättcke. Der Mann ist die Schlüsselfigur von allem, was an dieser

Autobahnsache faul ist. Gättcke ist der Pate, der Oberfinsterling, das weiß ich einfach. Kriegen Sie raus, was über den rauszukriegen ist. Grundbuchauszüge, polizeiliches Führungszeugnis, Geschäftslage, Gerüchte, Privatkram, alles. Wie er seine Arbeiter behandelt, ob es Indizien gibt, dass er illegal Ausländer beschäftigt, beispielsweise aus Rumänien. Es lohnt sich in solchen Fällen, bei der Gewerkschaft nachzufragen. Aber das muss ich Ihnen ja nicht sagen."

Schneider grinste. „Waren Sie mal in der Branche?"

„Eine Weile. Jetzt bin ich ein Reiseonkel. Da verdient man besser. Und hier ist auch gleich die gute Nachricht: Für Ihre Recherchen zahle ich. Pauschale und Spesen. Sagen wir, Sie kriegen einen Vorschuss von 2000 Euro? Wenn was dabei heraus kommt, das Furore macht, gehört die Story Ihnen allein."

„Klingt, als wäre ich Phillip Marlowe." Schneider lehnte sich in seinem Schreibtischstuhl zurück, legte die Füße auf die Tischplatte und stieß imaginären Zigarettenrauch aus.

Frechdachs! Hamm tat, als habe er die Ironie überhört. „Das Geld kriegen Sie in bar, wenn wir uns das nächste Mal im Ewer sehen. Ab jetzt ist Konspiration angesagt. Wir beide kennen uns offiziell nur flüchtig. Ich will auf keinen Fall, dass Gättcke über meinen Namen stolpert, wenn er merkt, dass Sie hinter ihm her recherchieren. Und er wird es merken, verlassen Sie sich drauf. Ziehen Sie sich warm an. Gättcke ist ein ruppiger Geselle." Er überlegte, ob er Schneider von dem Sattelschlepper erzählen sollte, der ihn gejagt hatte, entschied sich aber dagegen.

Schneider schien unbeeindruckt.

„Machen Sie sich keine Sorgen, ich bin ziemlich

druckresistent. Will jetzt nicht groß angeben, aber ich habe schon zwei oder drei Steine ins Rollen gebracht, die am Ende Schlagzeilen gemacht haben."

„Davon hat mir Gillmann erzählt." Hamm schrieb die Nummer seines privaten Handys auf einen Zettel und gab ihn Schneider. „Rufen Sie mich an, wenn Sie was Interessantes haben?"

„Geht klar." Schneider zögerte. Dann sah er Hamm in die Augen. „Sagen Sie …"

„Ja?"

„Verzeihen Sie, wenn ich direkt frage. Was ist Ihr Interesse an der Sache? Geht es Ihnen um Gättcke? Oder stehen Sie auf der Seite der Autobahngegner? Gibt es noch einen anderen Grund? Verstehen Sie mich nicht falsch, aber ich muss das wissen, bevor ich mich einklinke."

Wieder diese Frage. Hamm wusste keine Antwort darauf. Alles hatte in einer Sommernacht begonnen, mit einem Schwerverletzten am Rand einer Deichstraße. Dann hatten sich Dinge entwickelt, Zufälle eingestellt. Irgendwie war er ins Spiel gekommen. In ein Spiel, das er noch nicht ganz verstand.

Was sollte er sagen?

Er stand auf. „Ich stehe auf gar keiner Seite, Marc. Ob die Autobahn Sinn macht oder nicht, kann ich nicht beurteilen. Dass es einen Herrn Gättcke gibt, wusste ich vor ein paar Wochen noch nicht. Ich habe auch keine Rechnung mit irgendwem offen. Ich bin einfach über etwas gestolpert, das kräftig stinkt. Und jetzt kriege ich den Geruch nicht mehr aus der Nase. Verstehen Sie das?"

„Und ob." Marc lächelte. Dieses Mal nicht ironisch, sondern zufrieden. „Und wie ich das verstehe." Er stand vor der Haustür und hob die Hand, als Hamm davonfuhr. Es war dunkel geworden. Im Rückspiegel sah Hamm, wie das Licht im Obergeschoss aufflammte. Sein Spürhund ging an die Arbeit.

*

Heide hatte eine schmale Hornbrille aufgesetzt, die sie etwas rechthaberisch aussehen ließ. Sie saß hinter dem Verkaufstresen am Eingang und las in einem Wälzer. Eine Falte stand auf ihrer Stirn, wie Hamm bemerkte, als er seitlich durch eines der Schaufenster der Buchhandlung spähte.

Er trat ein. Der Gong, der über einen mit der Tür verbundenen Bindfaden betätigt wurde, gab ein melodisches Geräusch von sich. Heide sah auf. Die Falte war von ihrer Stirn verschwunden.

„Untröstlich, dich bei wichtigen Studien zu stören. Lesen Bücherfrauen immer und überall?"

„So lange, bis ihre Lover ihnen eine Pause verschaffen. Diese ist mir doppelt willkommen."

„Warum?"

„Weil, erstens, mein Chefliebhaber gekommen ist." Sie zog seinen Kopf über den Tresen und gab ihm einen Kuss. „Und zweitens, weil mich diese Schwarte unheimlich anödet." Sie hob es hoch und zeigte Hamm den Umschlag. Es handelte sich um das neue Werk eines alten amerikanischen Autors, der sich seit einem halben Jahrhundert an einem einzigen Thema abarbeitete: die sexuellen Phantasien und Frustrationen alter amerikanischer Männer.

„Es ist der Bestseller des Sommers. Ich begreife es einfach nicht! Warum lesen so viele Leute den Kram? Ich bin wirklich keine Feministin oder so was, aber das schnalle ich nicht. Ein geiler Opa schreibt unablässig über andere geile Opas, und Millionen verschlingen das Zeug."

„Das kommt, weil er Literatur schreibt. Die Leute können auf diese Weise Pornos genießen, ohne ein schlechtes Gewissen haben zu müssen. Sei doch froh, dass sie es tun. Ohne diese Brotbücher gäb's keine Verlage und auch keinen Buchhandel."

„Ich weiß, ich weiß." Sie schob das Buch zur Seite und stand auf. „Wo bist Du gewesen? Was hast Du getrieben? Berichte! Mir! Alles!"

Ein Paar mittleren Alters betrat die Buchhandlung. Sie sahen sich um. Zuerst am Tisch mit den Neuerscheinungen, dann in einer Ecke, wo Heide einen Strauß von leichten, ausschließlich für Frauen geschriebene Liebeskomödien sowie die beliebten Schmunzelbücher ausgelegt hatte, die von evolutionsbiologisch bedingten Unterschieden zwischen Mann und Frau handelten. Der Mann betrachtete die Buchdeckel mit mäßigem Interesse und trat von einem Bein auf das andere, während seine Frau bestimmte Titel in die Hand nahm und leise kommentierte. Schließlich wandte sie sich an Heide und fragte nach dem Buch des alten amerikanischen Autors.

„Gleich hier vorne." Die Kundin bemerkte die Resignation in Heide Stimme nicht. Sie zahlte und verließ den Laden, ihren erleichterten Mann im Schlepptau.

„Manchmal hasse ich meinen Beruf", sagte Heide. „Aber es gibt auch gute Momente."

„Ein solcher steht dir unmittelbar bevor", erklärte Hamm. „Wollen wir oben mal was nachschauen?" Er wies in Richtung der Treppe, die zum Lager führte, das ihm als Liebeslager in Erinnerung geblieben war.

„Wollen wir. Aber erst nach Ladenschluss. In einer halben Stunde. Öffnungszeiten sind mir heilig, anders als diesem Flittchen von einer Buchhändlerin in dem

Film mit Humphrey Bogart." Hamm erinnerte die Szene aus „Der Malteser Falke". Eine Bücherfrau, die sich in Bogey verguckt hat, löst mit einer spontanen Geste ihren Haarknoten und dreht das Schild am Eingang von „Open" auf „Closed" um.

Er berichtete von Neuigkeiten im Fall Gättcke, wie er die Affäre inzwischen nannte. Die Sache mit dem LKW, der ihn beinahe von der Straße gefegt hätte, ließ er aus. Er war sich nicht sicher, ob sie wirklich im Zusammenhang mit Gättcke stand. Dafür berichtete er über Marc Schneider, seine neue Wunderwaffe.

„Wir werden jetzt in aller Ruhe abwarten, bis der Bursche was ausbuddelt. Der ist wie ein Marder, sagt Gillmann."

„Wie sind Marder?"

„Sie dringen in den Bau anderer Tiere ein und treiben sie heraus. So und nicht anders sind Marder."

„Und du glaubst, Gättcke kommt nach ein paar Recherchen deines Sherlock Holmes-Verschnittes weinend aus dem Haus gelaufen und gibt seine Untaten zu?"

Hamm lachte selbstgefällig. „Ich gehe von bedingungsloser Kapitulation aus, ja. Sollte das wider Erwarten nicht passieren, kommt er auf den Scheiterhaufen unserer Mediengesellschaft. Ich werde ihn grillen. Ich werde ihm das Fell abziehen. Jawohl."

Heide begann, mit den Fingern auf der grünbezogenen Tischplatte zu trommeln, die sich unterhalb des Tresens befand. Was sie von seinen Absichtserklärungen hielt, war nicht auszumachen. Aber die Falte war auf ihre Stirn zurückgekehrt.

„Wenn Gättcke tatsächlich der ist, für den du ihn hältst, und wenn er merkt, dass du diesen Marc Schneider angeheuert hast – was dann? Ich meine, wenn er Waschnewski wirklich umgebracht hat, was sollte ihn davon abhalten, es auch bei dir zu versuchen?"

„Ungelegte Eier, meine Literaturgöttin. Er muss durchaus nichts merken. Ich habe dafür gesorgt, dass sehr verdeckt ermittelt wird." Über Gillmanns Verdacht, dass Gättcke längst über Hamms Autorenschaft bei der Veröffentlichung der Ägypten-Sause informiert war, sprach er nicht.

„Wissen die Leute von der BI Bescheid, was du jetzt vorhast?"

„Werde mich hüten, es denen zu stecken. Die sind mir entschieden zu blauäugig. Nele hat schon mal vieles vermasselt, indem sie Schleicher getraut hat."

„Du willst also die High-Noon-Nummer abziehen? Ein Mann allein räumt auf, tapfer und todesverachtend?"

„Ich bin ja nicht allein. Im entscheidenden Moment wirst du an meiner Seite stehen, wie im Film. Dein Colt wird mich retten. Do not forsake me, oh my darling! Übrigens ist es schon nach Sechs. Wir könnten jetzt da oben gucken…"

Heide schloss den Laden mit einem altmodischen Bartschlüssel ab, der im Schloss krächzende Geräusche verursachte. Sie löschte das Licht bis auf die Dauerbeleuchtung, hakte sich bei Hamm ein und ging mit ihm schnellen Schrittes auf die Treppe zu.

„Liebe im Moment der höchsten Gefahr. Ist es das, was du willst? Du kriegst es! Und wie!"

Später, als sie wohlig und träge nebeneinander unter den raschelnden Laken lagen (früher, erinnerte sich Hamm, hatte man hinterher immer geraucht), fiel ihm etwas ein.

Er hatte sie noch immer nicht gefragt. Was war mit ihrem Mann?

„Nur Idioten ändern sich nicht."
Otto Schily, als Innenminister

18

Kalt. Kälter. Saukalt. Arschkalt. Das Wasser hatte vier Grad, wie Hamms Tauchcomputer anzeigte. Gerade mal zwei Grad mehr als die Luft in den Kühlräumen der Hasenfleeter Molkerei. Schon in dem Moment, als er am Einstieg Nummer drei in den See abgetaucht war, hatte er sich gefragt, ob er wohl noch ganz bei Trost war. Hatte seine gelegentliche Verschrobenheit sich unmerklich zu einem Zustand echten Irreseins ausgeweitet? Wie hatte er bloß auf den idiotischen Gedanken kommen können, das dämliche Kreideloch von Moorhausen betauchen zu müssen?

Trotz des gut isolierten Trocken-Taucheranzuges, den er angezogen hatte, bibberte er schon jetzt, nach zehn Minuten Tauchzeit. Nein, das war nicht die warme, bunte Unterwasserwelt, die er von Tauchgängen in Thailand, Kuba, den Malediven oder den Seychellen kannte. Das hier war was für jenen Typus Mensch, der sich auch im Februar in einem verschneiten Zeltcamp bei einem so genannten Elefantentreffen der Biker sauwohl fühlt.

Abtauchen, immer tiefer. Aus der blaugrauen Suppe dämmerten Konturen eines Gebäudes herauf. Knapp zwanzig Meter zeigte der Computer, als er die Plattform des berüchtigten Rüttlers erreichte. Hier war Kalk von Flintstein getrennt worden, als die Anlage noch in Betrieb war. Am Rand des Rüttlers lief eine Reling, was die Illusion vermittelte, einem gesunkenen Dampfer zu begegnen. Ein gewaltiger Metalltrichter fiel nach unten in rabenschwarze Leere ab.

Der Rüttler, dessen Fundament in 30 Meter Tiefe lag, war für alle Kreidesee-Fans ein Muss. Manche hatten sich an den Stahlwänden verewigt, mit Kreide vom Grund des Sees. Echte Kerle tauchten durch den Rüttler hindurch, logisch. Manch einen hatte es das Leben oder die Gesundheit gekostet. Erst im vergangenen Jahr, zum Beispiel – warum musste der Vorfall Hamm ausgerechnet jetzt durch den Kopf gehen? – war eine Frau aus Hamburg am Rüttler umgekommen. Sie war mit einer Gruppe getaucht und hatte einen nie geklärten Unfall gehabt. Als die Gruppe auftauchte und sie vermisste, lag sie tot in 31 Meter Tiefe. Der Atemregler war nicht in ihrem Mund, wie man später feststellte. Anzeichen für ein Verbrechen wurden nicht gefunden.

Tief. Klar. Lockend. So schwärmten die Fans, welche ihn überlebten, vom Kreidesee. Tiefer waren nur der Bodensee, der Starnberger See und der Walchensee. Aber die Tücken! Trotz einiger Sicherheitsauflagen wie kaltwassertauglichen Atemreglern und getrennt absperrbaren Atemsystemen, kam es immer wieder zu Unfällen. Die Palette der Verletzungen, die man sich in Moorhausen beibringen konnte, reichte von vorübergehenden Lähmungen der Fingerspitzen bis zur Rollstuhlreife. Panik, Stimmritzenkrampf, Tiefenrausch, Schwindel, Erbrechen, Verheddern in Leinen, vereisende oder abblasende Atemgeräte – sogenannte Lungenautomaten –, alles war in dem dunklen See möglich. Vor allem, wenn die Taucher nur Erfahrungen in den hellen, warmen Gewässern der Tropen gesammelt hatten.

Selbst ein Tauchlehrer hatte in der Tiefe Atempanik bekommen, eine subjektive, toxisch stimulierte Atemnot.

Als er in seiner Angst versuchte, einem zu Hilfe geeilten Tauchpartner den Atemregler zu entreißen, musste ihn dieser dem Tod überlassen. So jedenfalls hatte der Partner es dargestellt. „Todessee“ hatten die Medien die einstige Kreidegrube getauft. Sie hatte sich das Prädikat verdient.

Und er, Bernhard Hamm, bald mehr als ein halbes Jahrhundert alt, geachteter Kommunikationschef eines der erfolgreichsten Reiseunternehmen der Republik (des erfolgreichsten, nach dem Gefühl des Inhabers van Dijk); überdies ein Schöngeist, Kenner der literarischen Klassik wie der Moderne, geistreicher Connaisseur und erfolgreicher Umgarner kluger, schöner Frauen, ausgerechnet er hatte sich nicht entblöden können, diesem tückischen Wasserloch einen Besuch abzustatten.

Für so etwas, dachte Hamm, während die Kälte des Wassers um seinen Kopf strich, gibt es einen schönen deutschen Begriff: plem-plem.

Er tauchte zusammen mit einer Gruppe von acht Rheinländern, die er auf dem Campingplatz am See angesprochen hatte. Allesamt Gemütsmenschen, die keinen verbissenen Eindruck machten, keine Rekorde aufstellen wollten. Sie hatten verabredet, nicht tiefer als maximal 30 Meter zu gehen. Hamm durfte sich ihnen ohne lange Diskussion anschließen, nachdem er erklärt hatte, allein gekommen zu sein. Allein durfte niemand tauchen, das kontrollierten die Leute von der Basis.

Jeder musste einen Buddy haben, einen Tauchpartner, mit dem er unter Wasser hin und wieder Blickkontakt aufnahm. Hamm wusste, dass diese eiserne Taucherregel gerade bei größeren Gruppen schnell mal vernachlässigt wurde. Das Bewusstsein, eine Gruppe zu sein, gaukelte oft ein falsches Sicherheitsempfinden vor. Tatsächlich passten zehn oder zwölf Leute weniger gut aufeinander auf als zwei, hatte er festgestellt.

Als sie abgetaucht waren, war er der letzte der Gruppe gewesen. Kurz vor ihm war eine korpulente Frau, die Schwierigkeiten mit ihrer Maske hatte. Die Maske schien Wasser zu ziehen. Hamm hatte bemerkt, dass die Frau sie auf den ersten Metern des Abstiegs mehrfach vom Gesicht abhob und mit Atemluft ausblies. Dann hatte der steigende Druck wohl dafür gesorgt, dass sich der Maskenrand stärker auf die Haut presste und kaum noch Wasser durchkam. Sie drehte ihm flüchtig den Kopf zu und formte mit Daumen und Zeigefinger ein O, das Taucherzeichen für „Bist du okay?" Hamm antwortete mit demselben Zeichen.

Anfangs war da noch Bewuchs am Seerand, lange schilfähnliche Pflanzen, die in der schwachen Strömung hin und her waberten. Algenteppiche und abgestorbene Wäldchen bildeten ein surreales Ambiente. Weiter unten war nur undeutlich die von Baggern geformte Grubenstruktur zu sehen. Hamm erkannte allerhand Zeug, das größtenteils aus der aktiven Zeit der Grube stammte. Mülltonnen, Steilwandtreppen, Rohrleitungen, Gullischächte, Steinschlagnetze. Ein graues Viereck entpuppte sich als verrotteter Wohnwagen. War das die Behausung des Grubenwächters gewesen? Oder hatte jemand den Caravan kostengünstig im See entsorgt?

Plötzlich war kein Bild mehr in dem Fensterrahmen, den seine Maske bildete. Er erschrak, griff an die Maske. Es war, als hatte man mit der Fernbedienung auf einen unbelegten TV-Kanal gezappt, wo nur Schneegestöber lief. Einen Sekundenbruchteil später war das Bild wieder da. Er begriff. An seinen Augen vorbei war ein Fisch geschwommen. Er blickte nach links und erkannte an der gepunkteten Haut einen Saibling, der im dunkelblauen Nichts verschwand.

Ein Ausbrecher! Hamm hatte davon in der Heimatzeitung gelesen. Am nördlichen Teil des Sees befand sich das mit Netzen abgeteilte Becken eines Saiblingszüchters, aus dem hin und wieder Fische entkamen. Sie hatten sich im großen Rest des Sees gut vermehrt und waren Taucher gewohnt. Fast hätte man sie mit Händen greifen können, zutraulich wie sie waren.

Hamm nahm zwei tiefe Züge aus dem Atemregler. In einem See wie diesem treibt einem das kleinste Vorkommnis den Puls hoch, dachte er. Kein Wunder, dass der Rettungshubschrauber Stammgast in Moorhausen war.

Er tat ein paar kräftige Flossenschläge, um Anschluss zur Gruppe herzustellen, deren aufsteigende Atemluftblasen er kaum noch wahrnahm. Sie waren jetzt in 17 Meter Tiefe und tauchten weiter in einem stumpfen Winkel ab, hin zur Mitte des Sees. Die Sicht betrug nur mehr ein paar Meter, was auch an dem grauen, trüben Himmel über Moorhausen lag.

Die Taucherin war wieder mit ihrer Maske beschäftigt. Hamm kannte das Problem. Bei manchen Tauchgängen – warum, hatte er nie herausbekommen – wollten die Dinger einfach nicht dichthalten. Auch wenn man keine Creme im Gesicht hatte, auch wenn man sich sorgfältig alle Haare aus dem Gesicht gestrichen hatte, hartnäckig sickerte Wasser in die Maske und trübte den Blick. Am nächsten Tag war die Maske dann vollkommen wasserdicht. Es gab keine Erklärung dafür.

Die Taucherin blies erneut die Maske aus. Sie war mit sich beschäftigt, schaute nicht zurück. Hamm war ungefähr drei Körperlängen von ihr entfernt, als es geschah.

Mit einem Ruck, der seinen Kopf zurückriss, wurde ihm die eigene Tauchermaske vom Gesicht gerissen. Das kalte Wasser traf ihn wie ein Schock. Zugleich gab es in seinem Mund einen schmerzhaften Ruck. Das Ansaugteil des Atemreglers, dessen Beißwarzen er mit den Backenzähnen festhielt, wurde mit großer Kraft aus seinem Mund gerissen.

Er erkannte verschwommen einen Arm, der an dem Druckschlauch zog, konnte aber keine Person ausmachen. Der Angreifer musste schräg hinter ihm sein – auf der linken Seite, möglicherweise etwas tiefer als Hamm. Er versuchte, sich nach rechts zu drehen und holte mit dem Arm aus. Aber etwas hinderte ihn an der Drehung. Der Hieb, den er dem Gegner versetzen wollte, ohnehin lächerlich langsam in dem nassen Element, ging ins Leere.

Panik schoss in ihm hoch. Dennoch begriff er, was geschah. Der andere – wenn es denn nur einer war – hielt ihn an der Atemluftflasche fest, fixierte ihn gleichsam. Hamm ruderte mit den Armen, versuchte verzweifelt, den Druckschlauch zu finden, an dem Atemregler und Mundstück hingen. An dem sein Leben hing! Doch er bekam nichts zu fassen. Nur noch wenige Sekunden, und sein Atemreflex würde einsetzen – übermächtig, nicht zu unterdrücken. Das würde das Ende sein. Das in die Luftröhre dringende Wasser würde sämtliche Systeme auf einen Schlag paralysieren.

Anderthalb Sekunden vor Zwölf – ein Bild, das Hamm erst viel später einfiel – kam ihm der rettende Gedanke. Der Oktopus! An dem Flaschenventil hinter seinem Kopf hingen nicht nur ein Atemregler und das Manometer, das die in der Flasche verbliebene Luftmenge maß. Daran hing auch noch ein zweiter Atemregler, der für

Notfälle gedacht war. So gut wie niemand tauchte heutzutage mehr mit nur einem einzigen Atemgerät.

Der Oktopus war mit Klettband an der linken Brustseite seines Trockenanzugs befestigt. Hamm trat mit den Schwimmflossen um sich, wie um seinen Gegner abzuschütteln, knickte ein, drehte sich im Wasser um die eigene Achse, riss mit der Linken das Klettband auf, ergriff den Oktopus und steckte sich das Atemstück in den Mund. Mit der letzten Luft, die in seinen Lungen verblieben war, blies er das Wasser aus dem Reglerteil, bevor er gierig den ersten, herrlichen Zug Luft einsog. Den Regler hielt er mit der Linken umklammert. Noch einmal würde er sich das Teil nicht entreißen lassen.

Doch der Angreifer gab nicht auf. Hamm war praktisch blind – wasserblind, wenn es so etwas gab –, spürte aber hektisches Gezerre an der Luftflasche. Versuchte der Bursche, eine andere Position einzunehmen? Um das Absperrventil am Flaschenkopf zu erreichen und zu schließen? Hamm war nach einem halben Dutzend Luftzügen eigentümlich klar im Kopf. Gerade so, als habe er puren Sauerstoff geatmet. Die Angst war noch da. Aber die Panik war verflogen.

Einmal, es war in Thailand, wäre er auf einem Tauchgang beinahe ertrunken. Kein Mordversuch, nein. Nur die eigene blanke Dummheit. Er hatte die Strömungen unterschätzt, die zwischen den Inseln vor Pattaya liefen. Damals hätte ihn die aufwallende Panik fast das Leben gekostet. Nur ein unversehens kühler Kopf, den er sich bis dahin nicht zugetraut hätte, rettete ihm das Leben.

Damals.

Wieder trat er mit den Flossen, versetzte sich in eine spiralförmige Drehung. Zum einen, um den Gegner davon abzuhalten, ihm die Luft abzudrehen. Zum anderen, um Höhe zu gewinnen. Mit der Linken drückte er einen kurzen Moment das Ventil an der Tarierweste. Luft strömte ein. Er spürte, wie er Auftrieb bekam. Aber er wollte auch nicht zu schnell an die Oberfläche kommen und dabei einen Lungenriss riskieren. Es war eine verdammte Gratwanderung. Auftauchen, den Angreifer abschütteln, aber nicht um jeden Preis. Oben konnte er Hilfe herbei schreien. Es lagerten immer genug Leute auf den Wiesen am Seeufer, die auf Notsignale aus dem Todessee sofort reagieren würden. Unfälle gehörten am See zum Alltag. Darauf war man geeicht.

Er fuchtelte mit Armen und Ellbogen. Eine verzweifelte Wasser-Pantomime im Zeitlupenmodus, in der Hoffnung, den Gegner irgendwo zu treffen. Doch seine Bewegungen gingen wieder ins Leere. Plötzlich spürte er, dass das Gezerre an der Druckflasche aufgehört hatte. Er drehte sich im Kreis. Kein Umriss eines Körpers, kein Schatten. Gleichzeitig nahm er durch seine halbblinden Augen Helligkeit war. Der Angreifer hatte von ihm abgelassen. Hamm war nicht mehr weit von der Wasseroberfläche entfernt. Wollte der Andere unbedingt vermeiden, aufzutauchen?

Hamm hielt beim Auftauchen den Mund geöffnet, damit die Luft aus seinen Lungen dringen konnte. Wie lange war er in der Tiefe gewesen? Sicher nicht lange. Sein Blut musste noch so gut wie ungesättigt von Stickstoff sein. Er wusste, dass er gefahrlos in einem Zug auftauchen konnte, ohne Dekompressionspausen einlegen zu müssen. Er ließ noch mehr Luft in die Tarierweste fließen. Der Aufstieg beschleunigte sich. Es wurde plötzlich sehr hell, als Hamm mit dem Kopf aus dem Wasser schoss. Er riss den Atemregler aus dem Mund und schnappte nach frischer Luft wie ein Karpfen auf dem

Trockenen. Dann drehte er den Kopf und blickte über den See. Das Bild vor seinen Augen wurde schärfer.

Die Seeoberfläche lag vollkommen still. Nur Luftblasen verrieten, dass Taucher in der Tiefe waren. Unter ihnen der Mann, der Hamm hatte töten wollen. Und der nun durch das blauschwarze Wasser glitt, um an irgendeiner Stelle des weitläufigen Ufers anzulanden und sich aus dem Staub zu machen.

Er sah zum Ufer hinüber. Eine Gruppe von Tauchern war aufgesprungen. Einige zeigten aufgeregt in seine Richtung. Sie hatten wohl bemerkt, dass er schwach war und keine Tauchermaske trug. Er hob die Rechte lahm aus dem Wasser und rief, so laut er konnte: „Holt mich raus!"

„Wer mit seinen Nachbarn in Frieden lebt, kennt nur seine Rechte nicht."
Rudolf Gehrhardt, Jurist

19

Vom Kampf in der Tiefe hatte er kein Wort erwähnt, als er am Ufer saß und sich ausruhte. Zeitverschwendung. Wer würde ihm glauben? Die Burschen, die ihn aus dem Wasser gezogen hatten, würden ihn noch mehr verachten, wenn er ihnen so ein Märchen auftischte. Die plumpe Rechtfertigung eines Anfängers, dafür mussten sie seine Geschichte unweigerlich halten. Daher beließ er es bei dürren Erklärungen. Brille verloren, Panik gekriegt, aufgestiegen. Letzter in der Gruppe, schlechte Sicht. Punkt.

Als er sich etwas besser fühlte, stand er auf, bedankte sich bei seinen Helfern und ging zu seinem Wagen. Er spürte in ihren Blicken, was sie dachten: Massel gehabt, Vollidiot. Hättest ebenso gut tot sein können. Ihm war's egal. Er hatte Taucher noch nie leiden können. Tauchen, pflegte Hamm zu sagen, ist eine tolle Sache. Wenn man nur nicht immer mit Tauchern zusammen sein müsste. Menschen, die nichts im Kopf haben außer Tauchen und die von nichts anderem reden.

Er zog sich um und fuhr zurück auf die Bundesstraße, die am See vorbei führte. Alles war wie immer. Und doch hatte gerade jemand versucht, ihn umzubringen. Vor einer Imbissbude saßen Taucher in der Sonne und vertilgten gewaltige Currywürste. Hässliche Häuser aus weißen Backsteinen wechselten mit noch hässlicheren ab, an deren Türen Windfänge aus den sechziger Jahren angebracht waren. Im vergangenen Jahrhundert, als das Zementwerk noch arbeitete und tausenden von Menschen Brot gab, waren die Dächer von Moorhausen weiß gewesen vom Staub, der aus dem Schornstein des Zementwerks kam.

Der weiße Staub war verschwunden. Dafür waren die Häuser entlang der Straßen eingeschwärzt vom Ruß der Dieselpartikel, der aus den Auspuffanlagen der Lkw quoll. Tag und Nacht quälte sich eine Verkehrslawine durch den Ort. Weit und breit keine Autobahn. Wenn er in Moorhausen wohnen würde, überlegte Hamm, wäre er wahrscheinlich ein glühender Anhänger der A 17-Pläne. Alles hing davon ab, wo man stand. In diesem Fall, wo man wohnte. Das Sein bestimmte jedenfalls das Bewusstsein. Wie es Karl Marx mal formuliert hatte.

Hinter dem Ortsschild beschleunigte er den Wagen. Aber das Auto hinter ihm war noch schneller und schoss wie eine Kanonenkugel auf der Gegenfahrbahn an ihm vorbei. Eine Schrecksekunde hatte Hamm geglaubt: schon wieder ein Anschlag! Aber es war nur einer der geistesarmen Jungs aus der Risikogruppe der Zwanzigjährigen, dessen aufgemotzter Kleinwagen Hamm den Heckspoiler zeigte. Er war erleichtert. Zugleich fühlte er, dass ihm schlecht wurde. Er zog den Wagen nach rechts auf den Grünstreifen, öffnete die Tür und erbrach sich.

Der Hauch des Todes hatte ihn gestreift. Nur war er leider kein James Bond.

Als er kurz vor der Kreisstadt war, klingelte das Handy. Marc Schneider rief an. Der Spezialist für vorzeitige Nachrufe, der Phillip Marlowe der norddeutschen Tiefebene. Hamm hatte ihm auf der Toilette des Ewer einen Vorschuss gegeben, wie versprochen. Danach hatte Marc wochenlang nichts von sich hören lassen.

„Ich habe eine gute und eine schlechte Nachricht", sagte er, als zitiere er aus einem drittklassigen Krimidrehbuch.

„Die gute zuerst."

„Über unsere Zielperson habe ich Material gesammelt, dass die Linde rauscht. Zum Beispiel Beschäftigung Illegaler zu Dumpinglöhnen. Aber massenhaft! Eine Razzia einer Sondereinheit, von der die lokale Polizei vorab nicht informiert wird, und unser Mann ist am Arsch. Dass er die Bullen in seiner Umgebung schmiert, pfeifen übrigens die Spatzen von den Dächern. Er soll schon mal mit 1,6 Promille am Steuer erwischt worden sein. Trotzdem hat man ihn laufen lassen heißt es. 1,6 Promille! Da muss man normalerweise zum Idiotentest. Diese Bischöfin damals, die ist deswegen zurückgetreten. Aber das Schönste kommt noch…"

„Die Bischöfin hatte 1,54 Promille", korrigierte Hamm. „Weiter."

„Das Wichtigste für Sie war doch, wer hat diesen Beleg aus dem Rotlichtschuppen manipuliert, richtig? Ziehen Sie den Gurt fester: auch dahinter steckt unsere Zielperson. Und zwar höchstpersönlich."

„Haben Sie dafür eine eidesstattliche Versicherung?"

„Natürlich nicht. Dieser M. hat dazu viel zu viel Schiss. Schwule halten nicht so gut Stress aus. Unsere Zielperson hat ihm regelrecht die Daumenschrauben angesetzt…"

„Was nützt uns dann seine Aussage?"

„Eine Menge. Falls es zu einem Skandal kommt und in der Folge vielleicht zu Prozessen, kann man ihn vorladen lassen. Dann muss er die Hosen runter lassen. Aber ich habe noch mehr…"

„Lassen Sie uns darüber Auge in Auge reden. Was ist die schlechte Nachricht?"

„Gättcke hat rausgekriegt, dass ich an ihm dran bin.

Anscheinend weiß er sogar, dass Sie mich beauftragt haben. Der muss eine Detektei oder so was eingeschaltet haben."

„Vielleicht hat er uns verwanzen lassen. Machen wir Schluss mit dem Telefonieren. Auch keine E-Mails mehr. Alles weitere mündlich."

„Im gewohnten Etablissement?"

„Ebendort, heute Abend."

Das also war es! Daher der Anschlag im See. Gättcke war ihm endgültig auf die Schliche gekommen. Offensichtlich nahm er an, sich mit Hamm der treibenden Kraft entledigen zu können, die seine Pläne bedrohte. Die Information war wie ein letzter Anstoß zu dem, was Hamm ohnehin vorgehabt hatte.

In die Offensive gehen.

Weil Rückzug nicht mehr möglich war.

*

Einer von uns beiden. EINER von uns beiden. Hamm ging im Kaminzimmer ab und ab. Er kam sich vor wie ein Wolf, der im Wald die Orientierung verloren hat. Blödsinn, schalt er sich. Wölfe verlieren nie die Orientierung. Menschen schon.

Einer von uns beiden. Er hatte vor langer Zeit einen Fernsehfilm gesehen, der diesen Titel trug. Ein Stück raffinierte, spannende Unterhaltung, das seine Faszination trotz etwas verblichener Farben behalten hatte. In dem Film ging es um ein Duell ungleicher Kämpfer. Ein angesehener Professor mit einem kleinen, schmutzigen Geheimnis und einer seiner Studenten trugen ihn aus. Beiden wurde irgendwann klar, dass in ihrem trickreichen Ringkampf kein Patt mehr möglich war. Einer von beiden musste siegen. Der andere musste vernichtet werden.

Genau so war Hamms Situation.

Sie war sehr einfach, diese Situation. Jemand hatte sich in den Kopf gesetzt, dass er, Hamm, ein Problem für ihn, diesen Jemand, darstellte. Ein Problem, das für Herrn Jemand zu groß geworden war, um Hamm am Leben zu lassen. Auf den Anschlag im See würde ein weiterer folgen. Und noch einer, falls Hamm noch einmal Glück haben und überleben würde. Aber er konnte nicht immer Glück haben. Er musste in die Offensive gehen. In Gefahr und größter Not ist der Mittelweg der Tod. Auch so ein Filmtitel aus alten Tagen.

Hamm war sich sicher, dass Herr Jemand mit Klarnamen Hein Gättcke hieß. Er besaß keine Vorstellung davon, warum er für den Spediteur so gefährlich geworden war, dass dieser das kapitalste aller Verbrechen nicht scheute, um ihn loszuwerden. Aber dass es Gättcke war, der ihn verfolgte, daran zweifelte er keinen Augenblick.

Er erinnerte sich an seinen ersten und einzigen Kontakt mit Gättcke, an der Rezeption des Luxushotels in Ägypten. Ein kurzer, unfreundlicher Wortwechsel. Der abschätzende, kalte Ausdruck in den Augen des Spediteurs. Ja, Gättcke war einer, mit dem man sich besser nicht anlegte. Hatte Gillmann nicht vor ihm gewarnt? Warum hatte er, Hamm, die Warnung in den Wind geschlagen? Wie kam es, dass er sich immer wieder in Dinge hineinziehen ließ, die für ihn drei Nummern zu groß waren? Wann würde er endlich erwachsen werden?

Niemals, dachte Hamm. Jedenfalls nicht, wenn es so weiterging. Weil er dann nämlich bald tot sein würde. Er ging zu seiner kleinen Hausbar, goss sich einen schwach gelb leuchtenden Apfelbrand ein, die lokale Antwort auf den Calvados. Er trank das Glas in einem Zug leer, schüttelte sich und hatte im selben Moment eine Idee.

Das Zeug musste magische Kräfte haben!

„Auf dass die Wölfe in den Bergen
und die Frauen in unseren Betten bleiben."
Trinkspruch aus Wolfgang Petersens Hollywood-Film „Troja"

20

Kann ein Privatmann mit irgendwelchen Tricks ein Mobiltelefon orten? Oder eine Nummer erkennen, obwohl sie unterdrückt ist? Hamm kam sich etwas paranoid vor. Aber statt vom Handy rief er sicherheitshalber aus einer öffentlichen Telefonzelle an, die mittlerweile nur mehr aus einer Telefonsäule bestand. Die Nummer hatte ihm Gillmann gegeben, mit der Bemerkung: „Die gehört zu einem von Gättckes Handys. Er hat mindestens drei."

Es meldete sich ein testosterongeschwängertes Organ, das Hamm bekannt vorkam. „Ja!"

„Hier ist Hamm. Bernhard Hamm. Wir kennen uns aus Ägypten. Erinnern Sie sich?"

„Kann sein, kann nicht sein. Was wollen Sie?"

„Wir müssen reden."

„Reden, worüber?"

„Über unsere Beziehung."

„Es gibt keine."

„Doch, gibt es. Und sie macht mir Sorgen. Unter und über Wasser."

„Keine Ahnung, was Sie da faseln. Was wollen Sie?"

„Dass meine Sorgen aufhören."

„Springen Sie vom Kirchturm, dann sind Sie sie los."

„Falls ich vom Kirchturm falle, bin ich nicht gesprungen. Und dann fangen Ihre Sorgen erst richtig an, Gättcke."

„Sie sind besoffen."

„Manchmal. Im Moment eher nicht. Im Moment bin ich Inhaber eines hübschen Aktienpaketes. Rückversicherungsaktien, um genau zu sein. Das Paket liegt bei einem Anwalt und Notar, zusammen mit einer Verfügung, was damit im Fall der Fälle zu geschehen hat."

Dies nun war der Knackpunkt des Gespräches, das Hamm mehrmals geprobt hatte, was seinen Part betraf. Fest stand: Redete Gättcke jetzt unbeeindruckt weiter, stellte er sich dumm, brach er vielleicht sogar das Gespräch ab, dann hatte Hamm mit Zitronen gehandelt. Dann war das Spiel wieder offen.

Doch der Spediteur zögerte. Nur einen winzigen Augenblick. Aber er zögerte.

„Ich … habe keinen Schimmer, was Sie von mir wollen. Reden Sie Klartext! Ich bin Geschäftsmann. Habe keine Zeit für Gequatsche."

„Geschäftsmann, das ist sehr gut! Ein Geschäft möchte ich Ihnen nämlich vorschlagen. Unter genau vier Augen. Nicht unter sechs oder acht Augen. Und weder im Wald noch im Wasser, wenn Sie verstehen. Hören Sie jetzt genau zu, ich sage es nur einmal. Wir treffen uns übermorgen um sieben Uhr abends, ich wiederhole, um neunzehn Uhr auf der Brücke der Landstraße nach Harseburg, die über das neue Teilstück der Autobahn nach Hamburg führt. Ein aus allen Richtungen gut einsehbares Plätzchen, wie geschaffen für ein ehrliches Männergespräch. Ich werde ein paar Minuten früher da sein. Nur um zu gucken, ob sich da nicht zufällig jemand rumtreibt, der dort nicht hingehört. Haben Sie das, Gättcke?"

Die Antwort war ein Geräusch, das klang, als habe man einem Dobermann einen Holzklotz auf die Vorderpfoten fallen lassen. Es klang weder bejahend noch dementierend. Nur reine, nackte, blanke Aggression lag darin. Hamm ahnte, dass dies der zweite wichtige Moment des Gesprächs war. Jetzt bloß keinen Zweifel aufkommen lassen, dass es ihm ernst war!

„Bis dann", sagte er. „Und kommen Sie allein. Mutterseelenallein." Damit drückte er die Verbindung weg.

Auf einmal fühlte er sich euphorisch, als habe er Amphetamine geschluckt. Er hatte den Finsterling am Kragen gepackt! Das Gesetz des Handelns lag ab jetzt bei ihm. Er würde es sein, der immer einen Schritt voraus war. Nicht mehr Gejagter, Jäger würde er sein.

*

Am Abend zuvor war es noch ganz anders gewesen. Da hatte er sich niedergedrückt gefühlt wie ein Manisch-Depressiver. Wenn Heide nicht gewesen wäre, die ihn aufgefangen hatte mit ihrem Pragmatismus und ihrem Alles-wird-gut-Angang – wer weiß, was er getan hätte. Wahrscheinlich hätte er sich so sinnlos volllaufen lassen, dass er tags darauf weder zur Fahrt ins Büro noch zu einem derart genialen Telefonat fähig gewesen wäre, wie er es mit Gättcke geführt hatte.

Begonnen hatte der Abend ganz gemütlich. Als Hamm die Tür zum Alten Ewer öffnete und ihn der Kneipendunst ansprang wie ein langjährig vertrauter Hofhund, war er froh gewesen, unter Menschen zu sein. Er übersah mit drei Blicken, wer da war. Nele und ihre unvermeidliche Klette Silke. Was zum Teufel hatte die beiden Lesben in eine Gegend verschlagen, die in puncto Sexualmoral manchmal noch recht rückständig war? Piet Brunkhorst und Karla Sievert, die wieder mal die Köpfe zusammensteckten. Warum heirateten sie nicht endlich und machten dem Getuschel über sie ein Ende?

Krischan Schaaks Stimme dröhnte aus einer Ecke, Hamm konnte seine vom Bier und Köm geröteten Birne sogar von hinten einordnen. Yvonne wackelte mit einem Tablett voller Gläser durch die verräucherte Schankstube und warf Hamm, als sie ihn im Eingang stehen sah, einen ihrer strahlenden Dorfschönheitsblicke zu. Meta, eine alte, im hinterletzten Winkel des Moores hausende Katzen-, Hunde- und Kaninchenmutter, bei der die Leute der Gegend Haustiere entsorgten, wenn sie ihrer überdrüssig wurden, war ausnahmsweise auch da. Gewöhnlich reichte ihre Rente nicht für Kneipenbesuche. Sie hatte wohl auch keine große Freude daran.

Er grüßte Nele und Silke über den Tisch hinweg, hatte aber den Eindruck, dass ihn die beiden nicht recht wahrnahmen. Nele machte eine vage Geste in seine Richtung, aber große Freude schien bei ihr nicht aufzukommen, Hamm zu sehen. Ihr Gesicht wirkte müde. Hatte sie Zoff mit Silke? Lesben, hatte Hamm gelesen, konnten noch eifersüchtiger als Heteros sein.

Rolf Schleicher fehlte, sehr zur Erleichterung von Hamm. Der alte Lügner und Trickser hätte ihm den Abend vermasselt.

Sönke Bruns ließ ungefragt ein Bier einlaufen, als Hamm zum Tresen kam. Er schob ihm ein Formular zu und reichte dazu einen Kuli.

„Trag bitte deine Daten ein und unterschreibe die Beitrittserklärung. Der Ewer ist ab nächstem Monat ein Raucherklub. Dann können mich die Behörden mit ihrem Anti-Raucher-Terror mal am Mors kleien."

Hamm trug sich ein, obschon er selten rauchte. Flagge zu zeigen gegen die Tugendwarte der Republik, die Jahr für Jahr dreister wurden, war für ihn jedoch selbstverständlich. „War Marc heute schon hier?“, fragte er. „Marc Schneider meine ich. Dieser junge Online-Freak.“

„Nee, noch nicht, “ erwiderte der Wirt, korrigierte sich aber augenblicklich. „Wenn man vom Teufel spricht. Da ist er.“ Marc stand in der Tür. Er und Hamm waren, ohne dass sie etwas ausgemacht hatten, praktisch zeitgleich gekommen. Er trug eine Computertasche über der Schulter und ging direkt auf Hamm zu. Wie es schien, hinkte er leicht.

Auch ohne Schleicher hatte die Schankstube für Hamms Geschmack entschieden zu viele Ohren. Er gab Marc ein Zeichen. Sie nahmen ihre Biere und verdrückten sich in einen Nebenraum, der für kleine Gesellschaften vorgesehen war. Marc setzte sich umständlich und entnahm der Tasche eine Akte.

„Hier. Bitte. Das Ergebnis von vier Wochen Fleißarbeit. Alles drin, was man über Gättcke wissen kann. Mehr über ihn weiß nur seine Mutter.“

Hamm blätterte die Seiten durch. Alte Zeitungsausschnitte über Auseinandersetzungen im Milieu der Automatenaufsteller im Ruhrgebiet, Auszüge aus Handelsregistern, ein polizeiliches Führungszeugnis des jungen Gättcke – wie zum Teufel war Marc da rangekommen? –, Hintergrundmaterial über die Spedition und ihren Aufstieg aus einem Branchenblatt, eine Liste von Presseartikeln von Events, auf denen Gättcke mit seinen Spezis aus Politik und Verwaltung aufgetreten war, das Gedächtnis-Protokoll eines Gespräches mit Ralf Möller, Chef der Hamburger Howereit KG, in dem dieser einräumte, einen bestimmten Bewirtungsbeleg korrigiert zu haben, was den Namen der Person betraf, auf die er ausgestellt war.

Außerdem waren da Fotos. Viele Fotos. Von Autos mit rumänischen und russischen oder ukrainischen Kennzeichen, die auf Parkplätzen in Waldgebieten standen.

„Er lässt den halben Osten für sich ackern", sagte Marc. „Schwarz, natürlich. Wenn das rauskommt, werden ihn seine prominenten Freunde fallen lassen wie eine heiße Marone. Förderung von Schwarzarbeit, Hinterziehung von Steuern und Sozialabgaben, das ist im Moment genau das Ding, auf das sich die Medien stürzen wie Hornissen."

„Gute Arbeit. Bin beeindruckt." Hamm meinte damit auch Marcs Neigung zu unkonventionellen Vergleichen.

„Das wirklich Interessante ist der Mann selber. Seine Vita. Herkunft aus dem tiefsten Pisspott. Aufstieg in feindlicher Umgebung."

„Heißt das, Gättcke ist gar kein Nordlicht?"

„Iwo! Das Hein im Namen täuscht. Er stammt aus Bottrop, hat mit Ach und Krach die Hauptschule geschafft. Wollte schon früh die große Mark machen, ging ins Automatenaufstellergeschäft. Da sind die ganz harten Jungs. Die gehen mit dem Baseballschläger zu Bett. Wer sich da durchboxt, schafft es überall. Gättcke schaffte es. Ein paar Vorstrafen hat er sich dabei eingefangen, Körperverletzung, Nötigung und so was. Aber mit den Daddelautomaten hat er das Kapital für seinen ersten LKW verdient. Jetzt hat er 250 Brummis. Teilweise geleast, zum Teil seine eigenen."

„Ein Selfmademan, der über Leichen geht? Ist das nicht ein Klischee aus dem letzten Jahrhundert?"

„Gättcke ist, wie er ist. Heinz Hoenig könnte den spielen, in einem Krimi von Dieter Wedel."

„Wenn der Fall hochkocht, schreiben Sie den Gesellschaftsroman dazu. Auf die sensible Tour, mit psychologischem Tiefgang und politischem Hintergrundrauschen. Wissen Sie, was Ihnen winkt, Marc? Der Henri-Nannen-Preis für die beste Reportage des Jahres."

Marc stand auf. Das Aufstehen bereitete ihm etwas Mühe. „Und ich winke ab. Es wird keine Reportage geben. Nicht von mir. Und ich mache auch keine weiteren Recherchen in Sachen Gättcke. Das ist die schlechte Nachricht, von der ich am Telefon sprach."

Verdammt! Hamm hatte es geahnt, in einer Ecke seines Verstandes. Wenn Gättcke sich ihn, Hamm, vorgeknöpft hatte, dann würde er das erst recht mit Leuten machen, die Hamm zuarbeiteten. „Sie haben Druck gekriegt", stellte er fest.

„Druck ist gut. Zwei Mitbürger mit Migrationsvordergrund haben meine Knochen etwas massiert. Gestern, gleich nachdem wir telefoniert hatten. Spätabends haben die mich aufgemischt, auf offener Straße. Nichts geraubt, keine EC-Kartennummer gefordert. Die Botschaft war ganz klar. Gättcke bittet mich in aller Form, ihn in Ruhe zu lassen. Ich kann mich dem nicht entziehen, nach Lage meiner blauen Flecken. Eine Rippe ist angeknackst, fürchte ich." Er gab einen leisen Schmerzenslaut von sich.

„Weiß er, was Sie schon über ihn wissen?"

„Schwer zu sagen. Einiges bestimmt. Recherchen bleiben auf die Dauer nie ganz unbemerkt, wenn sie nahe ans Objekt gehen. Aber dass ich von der Neuausstellung der Spesenquittung aus diesem Bumsladen weiß, kann er unmöglich wissen. Möller hat viel zu viel Schiss, Gättcke zu beichten, dass er mir gegenüber geplaudert hat."

Hamm hatte ein schlechtes Gewissen. Er hatte Marc in Gefahr gebracht. Der Junge war gut. Und er war risikobereit gewesen. Aber jetzt musste Schluss sein. „Okay", sagte er, „wenn das Material so gut ist, wie ich es einschätze, kann ich damit ein paar Steine ins Rollen bringen. Wie eine Lawine, hoffentlich. Ich überweise Ihnen morgen den Rest des Honorars plus Bonus. Und dann halten wird die nächste Zeit Abstand voneinander. Ich denke mal, dass Gättcke mich beschatten lässt. Hoffentlich ist mir keiner von seinen Leuten hierher gefolgt."

Die Annahme war ihm freilich eben erst gekommen, in dieser Sekunde. Logisch! Der LKW, der ihn verfolgt hatte, der Angriff im See – jemand musste ihm nachspioniert haben, jemand hatte seine Fahrtroute von der Firma in Bremen ausgekundschaftet. Dass er im Todessee tauchen würde, wer konnte davon gewusst haben? Doch nur einer, der sich an seine Fersen geheftet und gelauscht hatte, als er sich einen Tag vor dem Tauchgang in der Taucherbasis angemeldet hatte.

Bemerkt hatte er nichts und niemanden. Aber er war auch nicht wachsam gewesen. Das würde sich ändern.

Jetzt war es Zeit für einen Kriegsrat. Und zwar mit einer Person, die nichts vom Krieg verstand, ihm aber umso besser raten konnte, was zu tun war. Eine kluge Person, deren Nummer zufällig in seinem Telefonspeicher stand. Er verabschiedete sich von Marc und fuhr in die Kreisstadt. Niemand folgte ihm. Das war jedenfalls sein Eindruck.

Frage an eine 89-jährige deutsche Gräfin:
„Können Sie der Unterhaltung folgen?"
Gräfin: „Ich folge einer Unterhaltung nicht, ich führe sie."
Aus dem Anekdotenfundus der Familie v. P.

21

Anderthalb Millionen Tonnen Sand lagerten auf dem Trassenstück der A 16, welche von der Kreisstadt nach Hamburg führen würde. Die Autobahn war seit 40 Jahren in der Planung. Immer wieder hatten Anrainer, Bauern und Naturschutzverbände dagegen geklagt. Hatten plötzlich seltene Tiere wie den Wachtelkönig erspäht, die als unbedingt schützenswert galten. Hatten die Verwaltungsgerichte mit Klagen überhäuft, Eingaben nach Brüssel geschickt.

Doch seit ein paar Jahren war der Kampf entschieden. Die A 16 würde gebaut werden. Teilstücke waren bereits für den Verkehr freigegeben. Sanddünen, die einen Hauch der namibischen Sossusvlej-Wüste verströmten, lagerten seit zwei Jahren bei Harseburg. Sie waren bis zu zwölf Meter hoch und dazu bestimmt, den moorigen Untergrund durch ihren enormen Druck zu verdichten, damit die Autobahn später nicht absacken würde. Über ein niedrigeres Dünenstück war bereits eine Brücke gebaut worden, die später die Autobahn queren würde. Die Brücke war der Treffpunkt.

Hamm hatte seinen Wagen am Baustellenrand abgestellt und stapfte zu Fuß auf die Brücke zu. Eine Gestalt stand darauf. Gättcke. Ansonsten war weit und breit niemand zu entdecken. Es war sieben Uhr abends. Der

Baubetrieb ruhte. Hamm kam aus seinem Bremer Büro. Er trug einen leichten Leinenanzug und schwarze Slipper. Die Schuhe waren sofort voll Sand. Er fluchte leise. Für das Gelände war er schlecht gerüstet.

Der Spediteur sah ihn verächtlich an, als er die Metallleiter am Brückenrand hochgeklettert war und vor Gättcke stand. Er machte einen Schritt auf Hamm zu. „Ich werde Sie jetzt auf Verkabelung abchecken. Möchte nicht, dass unser Gespräch in die falschen Ohren kommt."

Seine Hände glitten routiniert an Hamm herunter, als arbeite er im Nebenberuf bei der Personenkontrolle am Flughafen. Hosenbund, Anzug, Rücken, Schuhe, er ließ nichts aus. Als er fertig war, ging Hamm seinerseits ans Werk. Er spürte die harten Muskeln von Gättckes Brust- und Rückenpartie. Mit seinem Bizeps konnte der Mann bei den Chippendales auftreten. Der geht bestimmt drei Mal pro Woche ins Fitnessstudio. Harter Bursche, im Sinne des Wortes. Ein Aufnahmegerät trug er nicht. Wozu auch? Ich selber bin es ja, der hier eine Erpressung abzieht, dachte Hamm mit einem Anflug von Heiterkeit.

Er, ein Erpresser! Weit hatte er es gebracht.

Gättcke fingerte Hamms iPhone aus der Anzugtasche, packte sein eigenes dazu und stellte beide Geräte ab. „Die legen wir ein paar Meter hinter uns", sagte er, „sicherheitshalber." Er fixierte Hamm. „Legen Sie los, Mann."

Hamm schlug einen Plauderton an, der zu der Situation passte wie ein Allergiker ins Heuhotel. „Ich bin durch Ihr Auto auf Sie gestoßen. Reiner Zufall, Pech für Sie. Mit dem Saab haben Sie Waschnewski die Knochen gebrochen. War das ein Unfall oder Absicht?"

„So was Ähnliches wie ein Unfall. Aber wen kümmert's? Ein Querulant weniger. Übrigens..." – er grinste – „ich saß nicht mal am Steuer. War nämlich sturzbesoffen."

„Wer hat den Wagen dann gefahren? Die Automatik?"

„Wer am Steuer war, geht Sie einen Scheiß an."

Hamm überlegte sekundenschnell. Wenn Gättcke wirklich nicht gefahren war, warum fühlte er sich dann erpressbar? „Aber Sie saßen auf dem Beifahrersitz", riet er.

„Exakt. Ich konnte die Augen des Arschlochs sehen, als ihn das Blech erwischte."

„Aber nicht hart genug."

„Stimmt. Wir hätten den Typ noch ein paar Mal überrollen müssen. Ich dachte, der würde sowieso bald krepieren. Das haben Sie edler Samariter leider verhindert."

Wieder klopfte Hamm auf den Busch. „Später haben sie ja nachgebessert. Im Krankenhaus. Mit einem Kissen, nehme ich an."

„Ich konnte kein Risiko eingehen." Gättcke grinste wieder aufreizend. „Ich weiß ja bis heute nicht, ob Waschnewski Ihnen womöglich was erzählt hat in jener Nacht. Ansonsten liegen Sie falsch. Ich war nie in dem Krankenhaus. Es gibt keine Videoaufnahmen von mir, wie ich da rein oder raus spaziere. Bin ein Anhänger der Arbeitsteilung. Viele Leute arbeiten für mich, die ich gut bezahle. Kommen Sie jetzt zur Sache, Hamm. Welche Summe wollen Sie?"

„Moment. Erst will ich noch was wissen. Warum hatten Sie es auf mich abgesehen? Wie konnten Sie wissen, dass ich tauchen gehen würde?" Hamm tat irritiert. „Verdammt, ich komme einfach nicht drauf!"

Instinktiv hatte er Gättcke durchschaut. Dessen Selbstgefälligkeit machte ihn redselig.

„Ich bin nicht blöd, Hamm. Sie waren für mich von Anfang an der Einzige, der mir gefährlich werden konnte.

Sie sind ein Terrier, der nicht loslassen kann. Alle anderen sind bloß Würstchen. Paar auf die Fresse, und sie kuschen. Außer Waschneswki, natürlich. Aber das Problem mit ihm hat sich zum Glück erledigt. Was Ihren kleinen Tauchunfall betrifft, der leider nicht geklappt hat... Ich habe Sie seit Wochen beschatten lassen. Ein paar von meinen Männern sind darin sehr gut. Alte Securitate-Schule. Den Zeitpunkt Ihres Tauchgangs rauszukriegen, war ein Kinderspiel, nachdem Sie sich in der Tauchbasis am See eingetragen hatten."

Hamm stand Gättcke genau gegenüber, anderthalb Meter vis à vis. Keine Reaktion des Spediteurs entging ihm. Auch nicht das Funkeln in dessen Augen, als Hamm mit seiner Hauptansage begann. Ein Kabinettstückchen, das er am Abend zuvor mit Heide intensiv geprobt hatte.

„Ich sage Ihnen, was ich will, Gättcke. No nonsense, no bullshit. Kein Gefeilsche, kein Geschacher. Klares Geschäft, ja oder nein. Also, ich habe gegen Sie und ein paar andere aus ihrem Umfeld mehr in der Hand, als Sie wissen. Das, von dem Sie wissen, dass ich es weiß, müsste Ihnen eigentlich auch schon genügen. Damit kann ich Sie nämlich fertig machen. Auch ich bin natürlich nicht ganz blöd. Alles Material liegt bei einem Notar. Mit der Anweisung, es an die hiesige Staatsanwaltschaft zu schicken, wenn mir was zustößt. Diese Staatsanwälte hier, das sind übrigens die reinsten Marder, wussten Sie das?"

Gättcke schien unbeeindruckt: „Weiter."

„Trotzdem habe ich keine Lust, mich mit Ihnen und Ihrer Drecksbande anzulegen. Nein, ich mache überhaupt kein Hehl daraus, dass ich Angst habe. Die Sache im See hat mir gereicht. Und vorher dieser Laster, der mich plattfahren wollte – das war doch auch einer Ihrer Leute?"

Gättcke platzte fast vor Stolz. „Der gute alte Dimitri. Dreimal hat er umsonst auf der Lauer gelegen mit seiner schnellen Zugmaschine. Aber beim vierten Mal klebte er an Ihrem Arsch!"

„Auf einen fünften Versuch bin ich nicht scharf. Es gibt jetzt zwei Möglichkeiten. Entweder ich beliefere mit meinem Material Presse und Staatsanwaltschaft und mache eine Weltreise, bis Sie im Knast sitzen. So eine Reise wollte ich übrigens schon immer mal machen."

Gättcke schien belustigt. „Ach ja? Auf die zweite Möglichkeit bin ich noch gespannter."

„Die ist noch einfacher. Sie geben mir – von mir aus in zwei Raten, wenn Sie momentan nicht so flüssig sind – eine Million. Und hören nie wieder ein schlechtes Wort von mir." Hamm schlug dem Spediteur kumpelhaft auf die Schulter, obwohl solche Gesten ihm zutiefst zuwider waren. Aber er hatte plötzlich das innige Bedürfnis, den Mistkerl zu demütigen: „Na, ist das ein Wort?"

Gättcke putzte sich mit der Handfläche die Schulter ab, als habe Hamm Krötenschleim an den Fingern. Er setzte ein gefrorenes Lächeln auf. „Wo sind die Sicherheiten, dass Sie nicht in einem halben Jahr Nachschlag fordern?"

„Ach, kommen Sie, Gättcke!" Hamm gab sich ehrlich enttäuscht. „So einen Quatsch hätte ich von Ihnen nicht erwartet." Er äffte einen alten Filmdialog nach. „Aber ich will sämtliche Abzüge und Negative haben… Auf welchem Planeten wohnen Sie, Gättcke? Wir leben im Zeitalter der Reproduzierbarkeit. Jeder kann alles hundertfach kopieren, speichern, versenden, hinter Passwörtern verstecken. Wissen Sie, was Sie als Gegenleistung für Ihre hart ergaunerte Kohle kriegen? Mein Wort, Gättcke, mein Wort! Ein Ganove wie Sie kriegt das Wort eines ehrlichen Mannes. Ist das nicht ein toller Deal?"

Einen Moment lang sah es aus, als wollte Gättcke ihm die Faust ins Gesicht rammen. Er hatte seine Rechte geballt. Die Knöchel waren weiß. Der Mund, nur noch ein Strich. Aber dann fing er sich wieder ein. Fast unbeteiligt wirkend, sagte er leichthin, als nähme er eine Einladung zum Bier an: „Einverstanden. Ich brauche eine Woche, um eine halbe Million zusammen zu kriegen. Wo soll die Übergabe sein?"

„Sie haben das Geld in drei Tagen, Gättcke. Ich warte nicht noch eine Woche ab, ob einer Ihrer Securitate-Schurken mir nicht doch den Hals umdreht."

„Also wo?"

„Sie kriegen rechtzeitig Bescheid. Geben Sie mir die Nummer, unter der Sie immer erreichbar sind." Hamm schrieb die Zahlen, die ihm Gättcke nannte, mit seinem Kuli in die Handfläche, als bereite er sich auf eine Abiturklausur vor. „Das war's." Er nahm sein iPhone vom Boden auf, steckte es in die Tasche und sagte wie ein Amerikaner: „War schön, mit Ihnen Geschäfte gemacht zu haben." Dann kletterte er sehr zügig die Leiter an der Brücke herunter.

Wer konnte schon wissen, an welchem Punkt Gättcke die Beherrschung verlor?

*

Heide saß am Computer und sah die Liste der Neuerscheinungen auf dem Buchmarkt durch, als Hamm an die Scheibe der altehrwürdigen Kulturdiele klopfte. Sie fielen sich noch im Eingangsbereich der Buchhandlung in die Arme, obwohl sie den Blicken vorbeikommender Passanten ausgesetzt waren. Hamm erstattete akribisch Bericht. Er vergaß nicht zu erwähnen, dass Gättcke erstaunlich schnell klein beigegeben hatte. „Entweder weil er weiß, dass ihm keine andere Möglichkeit bleibt als zu zahlen. Oder weil er etwas plant."

„Selbst wenn er zahlt", überlegte Heide, „hast du im Grunde wenig gegen ihn in der Hand. Ich meine, euer Gespräch von heute, da steht vor Gericht Aussage gegen Aussage. Er wird alles leugnen, was er über seine Mittäterschaft beim Tod Waschnewskis gesagt hat, oder?"

Hamm antwortete nicht gleich. Er ging um den Kassentresen herum, setzte sich auf den altmodischen Drehstuhl, der seit Generationen zur Buchhandlung gehörte wie ein hölzernes Faktotum, und zog seinen Kuli aus der Brusttasche. Er drehte am Mittelgewinde. Das Schreibwerkzeug zerfiel in zwei Teile. Am oberen Teil war der Steckkontakt eines USB-Sticks befestigt. Er führte das Speicherteil in eine Buchse des Laptops ein, der auf dem Tischchen hinter dem Tresen stand.

Heide kam neugierig näher und sah zu, wie er auf das Zeichen „No name" klickte, das auf dem Computerschirm erschienen war. Eine Datei öffnete sich. Noch ein Klick, und ein Video lief ab. Deutlich zu erkennen war Hein Gättcke, im Hintergrund Sanddünen. Ebenso deutlich war die Stimme des Spediteurs zu vernehmen: „Stimmt. War ein Fehler, ihn lebend liegen zu lassen. Wir dachten, er würde sowieso bald krepieren…"

„Das ist nicht möglich", sagte Heide erschüttert. „Du hast alles auf Video? Das ganze Gespräch? Aber wie? Du hast doch erzählt, dass ihr euch gegenseitig auf Tonbandgeräte durchsucht habt…"

„Er hat meinen James-Bond-Kuli übersehen", sagte Hamm, stolz wie ein siegreicher Zocker. „Beziehungsweise, er kennt das Ding nicht."

Er zeigte Heide seinen Kugelschreiber. „Du aktivierst

das Ding und steckst es in die Brusttasche eines Sakkos oder Hemds. Unter dem Klemmbügel ist eine winzige Öffnung für das Weitwinkelobjektiv. Praktisch nicht zu bemerken. Solange du deinem Zielobjekt nicht den Rücken zudrehst, ist er immer im Bild. Bis zu vier Stunden lang. Ein Mikrofon liefert den Ton. Könnte echt von Q sein, dem technischen Ausstatter von 007. Ich hab' das Teil in einem Internetshop gefunden. Kostet schlappe 39,90 Euro."

„Meine Güte! Da wird einem ja schwummerig. Die totale Überwachungsgesellschaft in Kuliform. Big brother is watching you..."

„Bin in diesem Fall froh, dass es so ist. Allerdings, sehr viel nützt das Video nun auch wieder nicht. Vor Gericht ist so was kaum zu gebrauchen. Es taugt vielleicht dazu, die Staatsmacht dazu zu bewegen, mal intensiv zu ermitteln. Aber dazu müssen die Herren Bullen erstmal geneigt sein, einem überhaupt zuzuhören. Ich meine, das Ganze ist ja eine derartige Räuberpistole, die nimmt mir doch so kein Schwein ab..."

„Doch", sagte Heide ohne zu zögern. „Doch, die wird man uns abnehmen. Ich kenne einen Kommissar, der das tun wird. Und morgen früh, Punkt acht Uhr, stehen wir bei dem auf der Matte."

„Apropos Matte", fiel Hamm ein, „es soll hier irgendwo einen geheimen Raum geben, auf dem gelegentlich Leibesübungen veranstaltet werden. Wollen wir mal danach suchen?"

„Ich glaube, er war im Grunde kein schlechter Spieler. Er bekam nur keine guten Karten."
Aus der englischen Krimiserie „Inspector Barnaby"

22

Irgendwann, es war schon ein paar Jahre her, hatte das kolossale alte Stahlgerüst sein zweites Leben begonnen. Die Schwebefähre in Osten, weithin sichtbar in der tellerplatten Landschaft, war einstmals eine unerhörte technische Innovation gewesen. Wie ein Stück vom Eiffelturm wirkte sie für die einen, wie ein umgestürzter Hochspannungsmast für die anderen. Auf vier mächtigen Pfeilern ruhend, querte das Gestell in luftiger Höhe von 38 Metern die Oste, den größten Nebenfluss der Unterelbe. Auf Rollen lief eine Gondel auf dem Fährgerüst, die Menschen, Fuhrwerke und Material fasste.

Die Idee war gewesen, eine Flussquerung zu schaffen, unter der Segel- und Motorschiffe mit hohen Masten durchfahren konnten. 1909 war das Werk, welches die seinerzeit enorme Summe von 266.000 Reichsmark verschlungen hatte, vollendet und feierlich eingeweiht worden. Osten war damals ein geschäftiger Brückenkopf. Viehherden setzten hier über, Heu und Getreide wechselten die Ufer und die Besitzer. Geschäfte wurden getätigt und begossen, Bier und Schnaps flossen in Strömen. Weit über zwanzig Gasthäuser zählte das reiche Dorf, das sich eine schöne, üppig dimensionierte Backsteinkirche gebaut hatte. In Osten ließen es Bauern und Viehhändler krachen, hier tobte das pralle Marschenleben.

1974 war die Party vorbei. Nahe dem Dorf wurde eine

Brücke über die Oste gebaut. Die Schwebefähre legte man still. Sie stand fortan nutzlos als „technisches Baudenkmal" in der Gegend, ein Symbol für den Niedergang des Dorfes, dessen Bedeutung durch die Oste-Brücke auf ein historisches Tief geschrumpft war. Einzig für Touristenfahrten bewegte sich die Gondel noch ab und zu.

Zweimal legte der TÜV sie wegen technischer Mängel an die Kette. Osten hatte endgültig das Schicksal jener Orte ereilt, die in den Schatten einer Schnellstraße oder Autobahn geraten waren. Inzwischen war es nicht einmal mehr möglich, sich hier ohne Weiteres zu besaufen. Der einzig verbliebene Gasthof im Ort klappte abends die Zugbrücke hoch, wann immer es dem launischen Wirt gefiel.

Die eingemottete Fähre mit ihrem elektrischen Antrieb, bei der Einweihung noch eine viel bestaunte Innovation der Marken MAN und AEG, war freilich nie der Liebling aller Bürger gewesen. Der Ostener Maler Diedrich Rusch zum Beispiel hatte das an eine Konstruktion aus dem Hause Eiffel gemahnende Riesenteil – in Wahrheit besaßen daran weder der geniale französische Architekt noch einer seiner Schüler schöpferische Aktien – Zeit seines Lebens boykottiert. Rusch, der die Atmosphäre des Dorfes und Flusses in ungezählten stimmungsvollen Bildern über Jahrzehnte hinweg eingefangen hatte, blendete die Schwebefähre konsequent aus seinen Bildern aus. Er hielt das „Blechmonster" wohl für eine ästhetische Zumutung, die er den Betrachtern seiner Kunst ersparten wollte.

Aber ein rühriger Förderverein hatte die Fähre, von deren Art es auf der ganzen Welt nur mehr eine Handvoll funktionierender Exemplare gab, nie wirklich aufgegeben. Nach langem Gezerre um die Finanzierung von

Sanierungsmaßnahmen nahm die restaurierte Gondel 2006 wieder Fahrt auf, wieder im Dienste der Tourismusförderung. Das Konzept ging auf. Jahr für Jahr strömten mehr Menschen an die untere Oste, um auf einer Gondel unter dem grünen Stahlgerippe gemächlich über den braunen Fluss zu gleiten.

Die ganze Region profitierte davon. Einmal in jedem Sommer wurde der Schwebefährenmarkt gefeiert, zu dem sogar Ausflugsbusse anrollten. Die Fähre lief dann den ganzen Tag lang im Nonstop-Verkehr von Osten ans andere Ufer nach Basbeck und zurück. Die Überfahrten waren an diesem Tag kostenlos.

*

„Gättcke, gehen Sie jetzt in Richtung Fähranleger", sagte Hamm in sein Handy. „Gehen Sie langsam. Sie dürfen nicht auffallen." Er gab die Anweisung laut und barsch. Als Befehl, der keine Nachfrage duldete.

Ob Gattcke seinen Plan durchschaut hatte? Wohl nicht. Sicher konnte Hamm aber nicht sein. Er stand auf dem Deich an der Basbecker Oste-Seite und spähte durch sein kleines, starkes Nikon-Glas in das Gewimmel auf der anderen Seite. Die Fährgondel hatte drüben neben dem alten Gasthof angedockt und ihre Schranke geöffnet. Nachdem die Passagiere, darunter Kohorten von mit scheußlichem Plastikmüll bekleideten Radlern, den Ponton geräumt hatten, strömte die nächste Ladung in die Gondel.

„Gehen Sie jetzt zügig auf die Fähre und halten Sie sich links. Neben der Fahrerkabine ist eine Ausbuchtung im Blech. Sehen Sie sie?"

Einen Augenblick war es still. Hamm konnte aber die

Musik vom Karussell hören, das am anderen Ufer aufgebaut war. „Fiesta Mexicana“ mit Rex Gildo. Schlagergut aus der Jungsteinzeit. So was liebten sie hier.

Dann meldete sich Gättcke: „Ich sehe die Ausbuchtung.“

„Gut. Stellen Sie den Koffer genau dort hinein und passen Sie auf, dass Sie niemand beobachtet. Wenn Sie sicher sind, dass keiner was gesehen hat, gehen Sie sofort runter von der Fähre. Sofort!“

Da! Hamm stellte das Fernglas scharf. Er hatte Gättcke erfasst. Der Spediteur kam mit dem Oberkörper hoch. Er hatte den silbernen Alukoffer nicht mehr in der Hand. Dafür das Handy am Ohr.

„Runter von der Fähre? Was zum Teufel ...“

„Runter!“, rief Hamm. Von drüben klang ein Hupen über den Fluss; das Signal zur Abfahrt. „Los, dalli, Mann!“

Die Fährgondel setzte sich zeitlupenartig in Bewegung. Er sah, wie Gättcke mit einem kleinen Sprung seitlich an Land hüpfte. Dort stand er und blickte der Fähre hinterher, als begriffe er das Ganze nicht. Offenbar hatte ihn die Aktion verwirrt.

Genau so hatte Hamm es geplant.

Blödsinn, korrigierte er sich. Nicht er, Hamm, hatte es so geplant. Sondern sie, Heide. In Zusammenarbeit mit ihm, dem Kommissar. Dem Kriminalhauptkommissar. KHK Werner Lürssen. Heides Mann. Ein Bulle von der Kripo aus der Kreisstadt. Der Mann, der nie an Heides Seite aufgetaucht war, solange Hamm Heide kannte. Der unsichtbare Zweite.

„Weißt du, ich mag ihn noch immer“, hatte Heide gesagt, als sie über den Mann bei der Polizei sprach, der ihnen die unglaubliche Geschichte mit dem Toten am Deich, dem Spediteur und seinen Spießgesellen abnehmen würde. Sie hatte dabei mit ihren Fingern auf der Tischplatte getrommelt, und Hamm hatte plötzlich begriffen, dass diese Geste bei ihr nicht bloß Ungeduld ausdrückte, sondern auch Anspannung.

Wie sie das sagte, „ich mag ihn noch immer", das klang einen Tick zu leicht, um wirklich echt zu sein. Vielleicht liebte sie ihren Mann nicht mehr, vielleicht hatte sie ihn nie geliebt. Aber es war klar, dass sie noch an ihm hing, irgendwie. Sie hatte das mit einem kleinen Satz ausgedrückt; einem Satz, der merkwürdig falsch klang aus ihrem Mund. In einem Satz hatte sie alles gesagt, und mit ihrem Fingern.

Lürssen war Mitte vierzig, hatte Hamm geschätzt. Er wirkte schlank und trainiert, wenn auch nicht sehr groß. Seine graublauen Augen hatten Hamm fixiert, als dieser eine Geschichte erzählte, die wahrscheinlich keiner gekauft hätte, außer Lürssen. Aber er war ja auch etwas Besonderes. Nämlich der Ehemann oder Noch-Ehemann oder hoffentlich Bald-nicht-mehr-Ehemann von Heide. Und er kannte Heide und wusste, dass sie weder Unsinn erzählte noch sich Bären aufbinden ließ.

Es war Hamm nicht klar geworden, ob KHK Lürssen ihm gegenüber so etwas wie Eifersucht hegte. Jedenfalls hatte er Hamms Erzählung zu einer Art Verhör erweitert, in dessen Verlauf jedes Detail peinlich genau vom Kommissar abgeklopft wurde. Fast zwei Stunden hatte die Befragung gedauert. Erst dann war Lürssen halbwegs zufrieden gewesen.

„Wir brauchen einen wasserdichten Beweis, dass Gättcke hinter der ganzen Sache steckt. Das Video mit seinem, na sagen wir mal, Geständnis aus Ihrem James-Bond-Kuli..." – er drehte das Spionagewerkzeug, das

Hamm ihm gegeben hatte, interessiert zwischen den Fingern – „... ist illegal aufgenommen worden. Nützt vor Gericht höchstens hilfsweise. Nein, Gättcke muss in flagranti bei der Schweigegeldübergabe erwischt werden. Alles sauber dokumentiert, in Bild und Ton. Und legal. Vor allem legal."

Hamm zögerte. Er blickte von Lürssen zu Lürssen. Das Paar, das mal eines gewesen war, schaute kurzzeitig vereint vieräugig zurück. Was ist nun, schien es sagen zu wollen. Hamm musste in Vorlage gehen. War nicht er es, der die ganze Sache ins Rollen gebracht hatte? Er räusperte sich.

„Ich halte mich nicht für dezidiert feige. Aber schon gar nicht für tollkühn. Die Sache im See hat mir gereicht. Ich spiele nicht gerne im Risikobereich."

„Ein Restrisiko bleibt immer", konterte der Kommissar, nun anscheinend fast fröhlich gestimmt. „No risk, no fun." Er lehnte sich lässig zurück und sah nicht Hamm, sondern seine Ex Beifall heischend an. „Nicht wahr?"

Der Arsch! Wollte ihn, Hamm, im Beisein von Heide vorführen. Das war mal klar. KHK Lürssen würde selber kein Risiko eingehen, wie immer die Sache ablief. Hamm fühlte eine heiße Wut aufsteigen, zwang sich aber zu einem betont ruhigen Ton.

„Wenn Gättcke der ist, für den ich ihn halte, ist das keineswegs ein Restrisiko. Sondern Gättcke wird mir bei der Geldübergabe mit Sicherheit den Rest geben wollen, schätze ich. Worauf ich nicht die mindeste Lust habe." Er beugte sich vor. „Hätten Sie etwa dazu Lust, an meiner Stelle, Sie furchtloser Hüter des Gesetzes?"

Lürssen, der Mann, öffnete den Mund, wohl um zurück zu blaffen. Doch Heide legte ihm die Hand auf den Arm. „Streitet euch nicht. Der Einzige, der was davon hätte, dürfte unser Freund Gättcke sein. Ich habe eine Idee. Danach wird die Geldübergabe stattfinden, und auch wieder nicht. Nennt die Idee meinetwegen blöd oder unrealistisch, aber hört sie euch wenigstens mal an."

Es war Heide, die auf den Dreh mit dem Fährmarkt kam. Sie war schon einmal dort gewesen und kannte den Trubel und das Durcheinander. Einen Platz, an dem in Sekundenschnelle viel passieren konnte. Der ideale Ort, um Gättcke zu verwirren. Er würde keine Chance bekommen, Hamm allein zu begegnen. Nicht mal in Schussweite würde er kommen. Geschweige denn die Möglichkeit haben, auf ihn zu schießen, inmitten der vielen Menschen.

Der Kommissar erkannte die Idee sofort. Nur Qualität kann Qualität erkennen, hatte eine bekannte Journalistin mal gesagt, dachte Hamm. Der Gedanke machte ihm, bezogen auf Heides Verflossenen, nicht unbedingt Freude. Er war aber unausweichlich.

„So machen wir's", befand der Kommissar, kein Mann langer Worte, ohne Hamm um seine Meinung zu fragen. Das war auch unnötig, wie Hamm wusste. Der Einfall war glänzend. Es gab keine bessere Lösung.

*

Natürlich waren alle Straßen, die vom Fährmarkt abgingen, überwacht. Natürlich saßen im Obergeschoß des Hotels am Fährplatz Polizeibeamte, die von dort den gesamten Platz überschauen konnten. Und natürlich war der Fährmann, der die Gondel steuerte, niemand anders als ein Polizeibeamter. Der Pensionär Willy Evers vom „Förderverein für den Erhalt der Schwebefähre e.V.", welcher die Gondel an Festtagen meistens steuerte, hatte ihm am Vorabend beigebracht, welche Knöpfe zu drücken waren.

Zwei weitere Polizisten in Zivil standen als filmende Touristen getarnt auf der Fähre und hielten Gättckes Koffer-Aktion mit ihren Kameras fest. Den Ton des Gespräches zwischen Gättcke und Hamm schnitt die Telefonüberwachung mit.

Kommissar Lürssen hielt sich im Hintergrund. Aus seinem Auto am Fährplatz heraus leitete er den Einsatz. Das Auto war nicht ganz zufällig direkt vor der Haube eines SUV geparkt worden.

Gättcke hatte sich nach dem Moment der Überrumpelung, als er auf Hamms Befehl von der Fähre gesprungen war, erstaunlich schnell gefangen. Hatte er begriffen, dass er reingelegt worden war? Rücksichtslos drängelte er sich durch die Menschenmenge und strebte seinem Wagen zu. Wollte er verschwinden? Wollte er über die Brücke auf die andere Flussseite fahren; in der Hoffnung, noch vor der Fähre dort anzukommen? Um zu sehen, was mit seinem Geldkoffer geschah? Als sich Gättcke seinem blockierten Wagen näherte, schien er zu stutzen. In diesem Moment stieg Lürssen aus seinem Dienstfahrzeug.

„Herr Gättcke? Bleiben Sie stehen! Ich nehme Sie vorläufig fest wegen des Verdachts…“

Weiter kam der Polizist nicht. Vielleicht hatte er den Fehler begangen, Gättcke zu nahe zu kommen. Vielleicht hätte er seine Waffe bereits in der Hand haben müssen, als er Gättcke zu stellen versuchte. Der Spediteur zögerte keine Sekunde. Er machte einen Satz auf Lürssen zu und schlug den Beamten noch im Vorpreschen zu Boden. In dem Schlag seiner Rechten steckte sein ganzes Körpergewicht. Er riss die Tür seines SUV auf, startete und schob die Automatik auf R.

Mit einem Satz sprang das schwere Fahrzeug ein Stück zurück. Gättcke trat in die Bremse, schob den Fahrhebel auf D und gab Vollgas. Der Geländewagen röhrte auf, rammte Lürssens PKW in der Mitte und drückte ihn zur Seite, als sei er aus Sperrholz. Passanten sprangen zur Seite, als Gättcke hupend in eine Wohnstraße raste, die in die Dorfumgehungsstraße mündete. Die Umgehung führte zur Bundesstraße.

Lürssen war von der Faust des Spediteurs an der Schläfe gestreift worden. Hart genug, um mit dem Kopfsteinpflaster des Fährplatzes Bekanntschaft zu machen. Aber doch nicht hart genug, um länger als eine halbe Minute benommen am Boden zu liegen. Seine Kollegen waren noch nicht bei ihm, als er sich schon aufgerappelt hatte. Er griff nach dem Funkgerät in seiner Tasche und bellte in das Mikrofon.

„Ihr da oben im Hotel, melden! Wo fährt das Schwein hin?“ Ihm war nicht nach disziplinierter Rede zu Mute. Seine Schläfe pochte. Bald würde er rasende Kopfschmerzen haben. Vielleicht sogar eine Gehirnerschütterung. Er war wütend, vor allem auf sich selber. Wie konnte er Gättcke nur so unterschätzt haben? Der Mann war ein Mörder. Mörder lassen sich nicht mal eben so verhaften. Nicht alle. Einer wie Gättcke jedenfalls nicht.

Im Funkgerät rauschte es kurz. Dann die Meldung, sachlich, unaufgeregt. „Zielperson fährt mit hoher Geschwindigkeit auf der Umgehungstraße in Richtung B 495. Hat soeben ein Fahrzeug beim Überholen von der Straße gedrängt. Fahrzeug ist gegen einen Baum geprallt. Sieht nach Verletzten aus. Sollen wir einen Hubschrauber anfordern?“

„Vergesst es! Bis der Heli in der Luft ist, ist unser Kerl in Hamburg. Alle in die Fahrzeuge, aber subito! In

Moorhausen auf die 73 fahren. Ein Teil der Wagen fährt in Richtung Hamburg, der andere Richtung Cuxhaven. Blaulicht, Signalhorn, das ganze Programm!" Lürssen hatte ins Funkgerät gebrüllt, als hätten seine Kollegen Schuld an der missglückten Aktion. Dabei war er selbst es, der sie vermasselt hatte.

Er sah sich hektisch um, drehte sich im Kreis. Die Verfolgung von Gättckes PS-starkem Geländewagen würde wahrscheinlich ohnehin nicht glücken. Er würde auf der B 495 irgendwo abbiegen und über eine Landstraße zu entkommen versuchen. Was dabei passieren konnte, mochte sich Lürssen nicht ausmalen. Vielleicht würde es Tote geben.

Zwischen den Häusern des Dorfes erkannte er die Konturen der Brücke über die Oste. Die Brücke lag 200 Meter nördlich des Dorfes. Die Chancen standen Fifty-fifty. Wenn Gättcke an der Kreuzung nach links in Richtung Moorhausen abbog, war er vielleicht noch zu stoppen.

Aber nur auf eine einzige Weise.

Lürssen warf sein Jackett ab und sprintete in Richtung des Weges, der am Ostedeich entlang führte. Er rannte, wie er noch nie im Leben gerannt war. Spaziergänger und Radfahrer wichen ihm erschrocken aus. Die 17-schüssige Glock im Gürtelholster war nicht zu übersehen.

Was Minuten später geschah, floss in die Aussage ein, die KHK Lürssen später bei der Untersuchung der Ereignisse bei der Staatsanwaltschaft der Kreisstadt machte. Was geschehen war, schilderte er auch Hamm und Heide. Mit etwas anderen Worten, aber in der Sache genauso. Das Ergebnis stand ohnehin nicht zur Debatte. Es war am nächsten Tag auf einer ganzen Seite des Küstenboten zu lesen. Illustriert mit Fotos, die nicht so recht zur friedlichen Ostemarsch passen wollten.

„Wegen einer Frau wurde ich zum Trinker.
Leider hatte ich nie den Anstand,
ihr zu schreiben und mich bei ihr zu bedanken."
W.C. Fields

23

Der Alte Ewer war lange nicht mehr so voll gewesen wie an diesem Freitagabend. Es war eine geschlossene Gesellschaft, die Nele für die Bürgerinitiative angemeldet hatte. Das Thema hatte sie vorab per E-Mail an alle Mitstreiter geschickt: „Mord und Autowahn. Ist jetzt die A 17 gestorben?" Etwas reißerisch, fand Hamm. Vielleicht auch etwas voreilig. Aber der Zweck heiligte die Mittel. Er selbst war es schließlich gewesen, der die Zusammenkunft vorgeschlagen hatte. Und er persönlich hatte auch am Ende der Mail den Satz zugefügt: „Medienvertreter willkommen. Es gibt neue Erkenntnisse im Fall Gättcke."

Nun war es nicht gerade so, dass der Fall, der weit über Gättcke hinaus reichte, für die Medien Neuland war. Der Tod des Fuhrunternehmers lag schon zwei Wochen zurück, doch er beschäftigte noch immer Lokalblätter, regionale Rundfunk- und Fernsehsender, ja, sogar große Blätter aus Hamburg, Bremen und Hannover. Dauernd kam es zu Nachbeben der Affäre.

In der Handelskammer waren Köpfe gerollt. Als erster der von Geschäftsführer Walter Uthenfeld, der großzügige Sponsor eines feuchtfröhlichen Abends im St. Pauli-Etablissement „Plaisir". Einige Kreis- und Kommunalparlamente hatten auf Antrag der Opposition Sondersitzungen einberufen. An deren Ende wurden, wie es offiziell hieß, „personelle Umstrukturierungen" beschlossen. Der Verwaltungsfachmann Willy Cohrs zum Beispiel wurde mit „anderen Aufgaben betraut". Was sich, genau besehen, als harsche Degradierung darstellte, wenn auch ohne Kürzung der Bezüge. Samtgemeindebürgermeister Manfred Deike trat „aus Gesundheitsgründen" zurück, was sicher auf eine Weise stimmte. Seit der Küstenbote ein Foto von ihm im Beduinenkostüm gedruckt hatte (er, sichtlich bezecht, mit knallrotem Kopf, in der Hand eine Wodkaflasche), litt Deike unter nervösem Augenzucken und ging nur selten aus dem Haus.

Noch war offen, ob eine Schlüsselfigur den Fall Gättcke überleben würde. Der Bundestagsabgeordnete Dr. Hinnerk Cassens war zwar als Vorsitzender des Wirtschaftsausschusses seiner Partei zurückgetreten. Vorläufig, wie er verlauten ließ, „bis sich die von einigen Medien aufgebrachten, völlig haltlosen Anwürfe gegen meine Person als gegenstandslos erwiesen haben". Ansonsten bestritt er jede finanzielle Verbindung zu Gättcke. Dessen Einladung nach Ägypten habe er nur angenommen, weil er die Reise für eine „Fachtagung" gehalten habe. „Was sich vor Ort zu meinem Bedauern dann allerdings anders darstellte."

Über seinen Besuch im „Plaisir" verweigerte er jede Auskunft. Er wolle „eventuell laufende Ermittlungen in der Causa Gättcke" nicht beeinflussen, teilten seine Anwälte vage mit. Sie verschickten Mahnschreiben an eine Reihe von Medien. Darin drohten sie mit sofortigen juristischen Schritten, „falls unbewiesene Anschuldigungen gegen unseren Mandanten erhoben werden".

Der will das aussitzen, dachte Hamm. Vielleicht kommt er damit sogar durch. Soll es alles schon gegeben haben.

Mit zwanzig Minuten Verspätung begann die Veranstaltung im Ewer. Der große Gastraum war jetzt bis auf den letzten Stehplatz besetzt. Hamm versuchte, sich einen Überblick zu verschaffen. Alle von der BI, die er kannte, waren gekommen, und viele andere, die er nicht kannte. Nele hatte ihm erzählt, dass sich auch Vertreter von Bürgerinitiativen, die anderswo gegen Autobahnpläne kämpften, angemeldet hatten. Er fühlte sich etwas unbehaglich. Egal, wogegen oder wofür in Deutschland gestritten wurde, immer war da dieser Geruch von verbiesterter Vereinsmeierei. Oh nein, seine Welt war das nicht.

Sieben Medienvertreter waren gekommen, darunter Gillmann und Marc Schneider. Sie hatten den Stammtisch links vom Tresen okkupiert. An ihrem Tisch hatte auch eine gewesene Perle der Journaille Platz genommen, die mittlerweile etwas matt geworden war – Rolf Schleicher. Er steckte in einem gekonnt abgetragenen Tweed-Jackett mit Lederflecken an den Ärmeln und schwadronierte auf eine junge Funk-Journalistin ein, die an ihrem Aufnahmegerät fummelte.

Gut so, dachte Hamm. Es läuft wie geschmiert.

Als Nele mit einem Blatt Papier an das Mikrofon trat, erstarb das Stimmengewirr. Sie war nervös, das sah er. Ihren Text, den Hamm für sie formuliert hatte, las sie ab.

„Liebe Mitstreiter gegen den Autowahn und die sinnlose Zerstörung von Lebensräumen und Lebensträumen im Interesse ganz weniger Profitinteressierter“ – nein, das stammte nicht von ihm – „... sehr geehrte Journalistinnen und Journalisten ...“ – auch nicht von ihm – „... es ist Ungeheuerliches geschehen in den letzten Wochen und Monaten. Viele von uns können noch gar nicht fassen ...“ Was redete sie da? Zum Punkt, Mädel, zum Punkt! „...

welche Machenschaften da gelaufen sind. Ihr habt von dem Skandal bereits aus den Medien erfahren. Aber es gibt Dinge in diesem Zusammenhang, die noch nicht bekannt sind …"

So. Endlich kam sie zur Sache.

„… Dinge, die auch wir von der BI anfangs nicht glauben wollten. Dinge, für die es jetzt Beweise gibt, Zeugenaussagen. Es geht um die Umstände, unter denen unser Freund und Mitstreiter Clemens Waschnewski ums Leben kam."

Im Ewer war es ganz still geworden. Totenstill. Hamm blickte zum Pressetisch hinüber. Drei der Journalisten kritzelten in ihre Blöcke. Schleicher wirkte kühl, konzentriert. Nele fuhr fort.

„Clemens wurde, wie ihr alle wisst, von einem Auto am Ostedeichweg angefahren und lebensgefährlich verletzt. Sie haben ihn liegen lassen und sich aus dem Staub gemacht. Ich sage *sie*, weil es zwei Täter waren. Das steht inzwischen fest."

Unruhe, Gemurmel im Schankraum. Wieder sah Hamm zum Pressetisch. Schleicher zeigte keine Regung.

„Neues über den sogenannten Unfall am Deich weiß Bernhard Hamm. Er hat unseren Freund Clemens in der Nacht zufällig gefunden und ins Krankenhaus gebracht. Ich übergebe jetzt an ihn." Hamm nahm das Mikro. Er redete ohne Manuskript.

„Also, viele Tatsachen im Fall Gättcke sind ja inzwischen enthüllt worden. Die brauche ich hier nicht zu wiederholen. Wenn der Abschlussbericht der Staatsanwaltschaft demnächst vorliegt, werden aber noch mehr Fakten ans Licht kommen …" Er gab einen kurzen Abriss seiner eigenen, vorgetäuschten Rolle als Gättcke-Erpresser, bei der er Gättckes Schuldeingeständnisse auf

Video aufgenommen hatte. „Der Spediteur hat damals mir gegenüber behauptet, nicht er, sondern ein anderer habe Clemens Waschnewski in jener Nacht angefahren und schwer verletzt. Er, Gättcke, habe volltrunken auf dem Beifahrersitz gesessen. Wer der Unfallfahrer war? Das wollte er mir nicht sagen. Mir nicht. Einem anderen hat er es dann aber doch noch verraten. Kurz, bevor er starb…"

Pause. Hochspannung im Raum. Hamm setzte ein retardierendes Element ein.

„Wie Sie aus den Medien wissen, starb Gättcke auf der Flucht vor der Polizei nach einem mutigen Einsatz des Kriminalhauptkommissars Lürssen. Der durchtrainierte Beamte hatte es geschafft, vom Fährplatz in Osten zur Bundesstraße 495 zu sprinten. Vor der Ostebrücke fing er Gättcke ab. Er stand mitten auf der Straße. Gättckes Wagen hielt mit Vollgas auf Lürssen zu. Lürssen stoppte ihn mit einer Serie von Schüssen. Eine Kugel traf einen Vorderreifen. Der Wagen kam ins Schleudern, durchbrach die Leitplanke und stürzte die Böschung hinunter. Lürssen fand Gättcke eingeklemmt in dem Wrack. Er blutete stark…"

Drei Sekunden Pause.

„…aber tot war er nicht. Er starb erst eine ganze Weile nach dem Überschlag. Genauer gesagt, er blieb noch fast zehn Minuten bei vollem Bewusstsein…"

Wieder legte Hamm eine spannungsfördernde Pause ein. Am Pressetisch kritzelten sie hektisch in ihre Notizblöcke. Nur Gillmann nicht. Hamm hatte ihn an diesem Morgen darüber informiert, was abends enthüllt werden würde. Das Tonbandgerät der Rundfunkjournalistin blinkte. Schleicher hatte den Kopf schief gelegt und die Augen halb geschlossen.

„Ungefähr zehn Minuten hat es wohl auch gedauert, bis Rettungswagen am Wrack waren. In dieser Zeit hat Gättcke dem Kripomann Lürssen eine Art Beichte abgeliefert. Er wusste wohl, dass er erledigt war. In jeder Hinsicht erledigt. Vielleicht wollte er sein Gewissen erleichtern. Vielleicht besaß er so etwas wie ein Gewissen auch gar nicht. Vielleicht wollte er nur dafür sorgen, dass sein Komplize nicht ungeschoren davon kommt. Wer weiß. Jedenfalls hat er den Namen des Mannes genannt, der in jener Nacht Clemens Waschnewski angefahren hat."

Ein Polizeireporter vom Abendblatt, den Hamm von den Fotos über seinen Kommentaren kannte, stand am Pressetisch auf.

„Woher wollen Sie von dieser angeblichen Beichte wissen? Waren Sie dabei? Die Pressestelle der Polizei hat nichts darüber verlauten lassen." Der Ton war scharf. Der Mann ist beleidigt, dachte Hamm. Kein Wunder. Im Fall Gättcke war die Provinzpresse bislang immer ein bisschen besser informiert gewesen als die Zeitungen aus der Metropole. Vor allem Gillmanns Küstenbote.

Hamm hob die Arme, fast theatralisch. Er genoss seinen Auftritt, das musste er zugeben. Hatte er deshalb Heide gebeten, nicht zu der BI-Versammlung zu kommen? Er gab hier einen Part als Racheengel, der ihm eigentlich nicht zustand. Den Heide vielleicht peinlich gefunden hätte, überzogen, pathetisch. Aber hatte nicht auch er das Recht auf ein bisschen Rache? Nach allem, was ihm fast zugestoßen wäre? Gättcke war tot. Niemand konnte ihn mehr auf den Grill legen. Aber seinen Komplizen …

Er ließ die Arme sinken. „Was ich Ihnen heute erzähle, bekommen Sie bald ganz offiziell von der Staatsanwaltschaft mitgeteilt. Spätestens übermorgen. Wenn es nicht morgen früh schon im Küstenboten steht." Er lächelte in

Richtung Gillmann. „Also, ich habe die Information…, sagen wir mal, vorab erhalten. Meine Quelle werde ich nicht nennen. Interessiert Sie die Information?"

Stimmengewirr. Lärm. Eine Reihe von Leuten war aufgesprungen. Nur langsam, mühsam kehrte Ruhe ein. Der Mann vom Abendblatt hatte sich wieder gesetzt. Er trug eine professionell lauernde Miene zur Schau. Hamm fuhr fort. „Ich gebe den Namen des Mannes, der Clemens Waschnewski fast getötet hat – endgültig getötet hat ihn Gättcke – ich gebe diesen Namen nur aus einem einzigen Grund schon heute Abend bekannt. Weil der Täter in diesem Raum sitzt. Und zwar am Pressetisch. Viele von Ihnen kennen den Herrn. Er heißt Rolf Schleicher."

Avantgarde ist nur das französische Wort für Bullshit.
John Lennon

24

„Wir hätten uns natürlich einen luxuriöseren Ferienort als dieses bescheidene Eiland aussuchen können", sagte Hamm. „Die Malediven zum Beispiel. Oder die Seychellen. La Réunion soll auch toll sein."

„Nichts kann toller sein als Nordseesand", schwärmte Heide. „Schau mal den Himmel an! Das Wolkenband, dahinter die Sonnenflecken. Das Dünengras, wie es sich im Wind wiegt. Das Geräusch der Brandung. Und die Luft. Diese Luft!"

Sie saßen am Ellenbogen. Es war der einzige Strand auf Sylt, den man nur über eine Mautstraße anfahren konnte, weshalb er meist etwas leerer war als andere Strände. Sie waren jetzt fast eine Woche auf der Insel. Hamm fühlte sich erholt wie nach einem dreiwöchigen Urlaub. Es lag aber wohl nicht bloß an der Insel. Es lag vor allem an Heide. Mit ihr hätte er sich sogar in der Altstadt von Kairo erholt.

Es war Mittag. Die See glitzerte träge. An der Wasserlinie kreischten Kinder. Weit draußen zog ein Katamaran vorbei. „Du hast Recht", sagte Hamm. „Besser können wir es nirgendwo haben. Erst recht nicht jetzt, wo die Sache mit Schleicher endlich vorbei ist." Heide schmiegte sich an ihn.

Zugegeben, es hatte einige Zeit gedauert. Über ein dreiviertel Jahr. Schleicher hatte Himmel und Hölle in Bewegung gesetzt, um sich aus der Falle zu befreien.

Hatte wohl ein halbes Dutzend Anwälte beschäftigt, die mit Abmahnungen und Unterlassungsbegehren nicht geizten. Wer immer ein Wörtchen mehr behauptete, als die polizeilichen Ermittlungsakten es hergaben, wer nach Querverbindungen fragte und nach Schleichers Kontakten zu einem bekannten St.-Pauli-Gastronomen, der hatte die Anwälte auf dem Hals.

Gegen Hamm hatte Schleicher Anzeige wegen Verleumdung und Anstiftung zur Körperverletzung erstattet. Hamm habe einen Saal voller Menschen ganz bewusst gegen ihn aufgehetzt. Woraufhin er, Schleicher, fast totgeschlagen worden wäre.

Lachhaft! Was hatte der alte Lügner schon abbekommen? Ein blaues Auge, etwas Spucke im Gesicht und ein paar Gläser Bier in den Haaren, viel mehr nicht. Sicher, Krischan Schaak hatte mal kurz zugelangt, als sich Schleicher an ihm vorbei laut protestierend einen Weg durch die wütende Menge bahnte, um dem Tribunal im Ewer zu entkommen. Eins auf die Fresse, war das nicht das Mindeste, was einer tun konnte, den Schleicher derart reingelegt hatte?

Hamm, so fand er selber, hatte im Ewer keineswegs gegen Schleicher gehetzt. Er hatte nichts weiter getan, als die Aussage von KHK Lürssen wiederzugeben. Danach hatte Hein Gättcke in seinen letzten Minuten davon gesprochen, wie er und Rolf Schleicher in der Nacht mit Gättckes Saab Cabrio unterwegs waren. Am Steuer: Schleicher. Gättcke nämlich hatte sich bei einer Kungelrunde von Autobahnfreunden in einem Hinterzimmer des Lokals „Deichgraf“ in der Nähe von Moorhausen volllaufen lassen. Schleicher, selbst nicht mehr nüchtern, habe später angeboten, ihn nach Hause zu fahren. Die Route über den Deichweg hätten sie genommen, um die

Landstraße zu vermeiden, wo öfters Alkoholkontrollen stattfanden.

Auf dem Deichweg hätten sie im Scheinwerferkegel eine Gestalt gesehen, die beide sofort als Waschnewski erkannt hätten. Dessen Kahlkopf mit dem wirren weißen Haarkranz war unverkennbar. Gättcke hätte dann gerufen oder gelallt: „Fahr die Sau um!“ Ob er dabei ins Lenkrad gegriffen hatte? Oder Schleicher den Wagen von sich aus nach rechts zog? Davon hatte Gättcke nichts gesagt. Auf jeden Fall tat es wohl einen heftigen Knall, und Waschnewski lag stöhnend am Wegesrand. Schleicher sei ausgestiegen, habe den Verletzten kurz angesehen und sei sofort wieder eingestiegen. Er habe nur drei Worte gesagt: „Nichts wie weg!“

„Hast du eigentlich je an die Möglichkeit gedacht, dass Gättcke gelogen hat? Dass er es doch selber war, der Waschnewski angefahren hat?“, fragte Heide.

„Warum sollte er gelogen haben?“ Hamm konnte sich keinen Grund vorstellen. „Ein Mann in seiner Situation, schon mit einem Bein in der Hölle?“

Schleichers Anwälte hatten es so hindrehen wollen, dass Gättcke ihren Mandanten aus tief verwurzelter, gewohnheitsmäßiger Bösartigkeit in seine kapitalen Verbrechen reinreißen wollte. Hatte sich nicht im Laufe der Ermittlungen heraus gestellt, wozu Gättcke fähig gewesen war? Warum nicht auch dazu, sogar im Angesicht des Todes noch zu lügen?

Fast wäre das juristische Kalkül aufgegangen. Um ein Haar wäre Schleicher mit einem blauen Auge weggekommen.

Der das schließlich vereitelte, war Kriminalhauptkommissar Lürssen. Er entsann sich, dass das zerfetzte Saab Cabrio auf einem Asservaten-Hof der

Kriminaltechnischen Untersuchungsabteilung lagerte, da der Urheber des Anschlags noch nicht ermittelt war. Die Wucht der Explosion hatte das Lenkrad durch die geborstene Scheibe katapultiert, es war fast unversehrt. Darauf fanden sich Fingerabdrücke und DNA-Material von Schleicher. Eine Tatsache, die für sich genommen ihm noch nicht das Genick gebrochen hätte, wie Lürssen später zugab. Hätte Schleicher nicht einfach behaupten können, Gättcke habe ihm das Cabrio gelegentlich geliehen? Kleine Gefälligkeit eines großzügigen Spediteurs? Wer hätte ihn widerlegen können?

„Dein Mann ist eine ziemliche Kanone", stellte Hamm neidlos fest. Heide lächelte.

„Zweifellos. Leider passte sie nicht an meinen Gürtel."

„Dein Vergleich hinkt."

„Nicht alles, was hinkt, ist ein Vergleich."

Was Schleichers Anwesenheit am Tatort am Ende unwiderlegbar machte, war ein kleines Stück Papier mit einem eingeschweißten silbernen Streifen und dem Aufdruck „Moorhausen". Ein Fahrschein für den Metronom-Zug mit Schleichers Fingerabdrücken darauf. Das Ticket hatten die Beamten in der Nacht des Unfalls sichergestellt. Es fand sich ebenfalls in einer Asservaten-Kammer.

Schleicher war schachmatt.

Er bekam neun Monate auf Bewährung. Keine Vorstrafen, keine nachgewiesene Tötungsabsicht. Nur Unfall mit Fahrerflucht plus Trunkenheit am Steuer. Aber er war nunmehr ein verurteilter Straftäter. Nicht länger der honorige Bürger, Adabei bei allen Empfängen und Preisverleihungen im Juste Milieu, wo sich wohlgesinnte Menschen gegenseitig die beste und richtigste Gesinnung bescheinigten. Er wurde fortan geschnitten. Schleicher fiel von allen Einladungslisten. Er war eine Unperson geworden, in seinen Kreisen. Dass er seinen Hof verkaufte und nach Frankreich zog, hatte sicher auch damit zu tun. Und mit einigem Anderem.

„Ihr hättet Schleicher nach dem Prozess nicht terrorisieren dürfen", sagte Heide. Das war nicht fair. Auch der Zorn gegen das Unrecht verzerrt die Züge, hat Bert Brecht mal gesagt."

„Der alte Stalinist hat alles Mögliche gesagt. Schau mal, die Leute waren stinksauer. Sauer über das milde Urteil, sauer auf die ganze Art, wie Schleicher sie gelinkt hat. Schließlich hat er die BI verraten und verkauft. Es konnte im Prozess ja nicht bewiesen werden, aber uns allen ist doch klar: Schleicher war es, der dafür gesorgt hat, dass der Besuch der einflussreichen Herren von der Autobahnlobby im Edelpuff ‚Plaisir' nie richtig hart gemacht werden konnte. Nur Schleicher besaß für diesen Dreh die richtigen Verbindungen. Und er kannte Ralf Möller gut, dem das Plaisir gehört."

„Trotzdem, einen Menschen physisch angreifen, dazu hat niemand das Recht."

„Was mich betrifft, ich habe Schleicher kein Härchen gekrümmt. Wer seine Garage samt dem Jaguar abgefackelt hat, weiß ich nicht. Auch nicht, wer seine alten Obstbäume umgehauen hat oder wer die Gülle in seinen Garteneich gekippt hat. Will ich auch gar nicht wissen. Was zählt, ist, dass der Mistkerl aus dieser Gegend verschwunden ist. Das nenne ich angewandte soziale Hygiene."

Heide räkelte sich im Sand, dann rollte sie sich mit einer plötzlichen Bewegung über ihn. „Was hast du eigentlich gegen Schleicher? Überleg mal, ohne ihn hätten wir nie…"

Ihr Handy schlug an. Sie holte es aus der Strandtasche, schaute auf das Display und sagte: „'tschuldige, ich muss rangehen. Eine Autorin ruft an, wegen der Lesung nächste Woche."

Sie meldete sich mit einem knappen Ja.

Die Anruferin fragte etwas, das Hamm nicht verstand.

Heide grinste ins Telefon, als könne die andere sie sehen und sagte: „Nein, hier spricht nicht Heide Lürssen. Dies ist die Nummer von Heide Hamm."

*

Eine Meldung aus dem Küstenboten, anderthalb Jahre nach der Hochzeit von Heide Lürssen und Bernhard Hamm:

„VORLÄUFIGES AUS FÜR DIE A 17 –
HANDELSKAMMER SCHOCKIERT

Wegen der neuerlichen Wirtschaftskrise, dem Euro-Verfall und den Turbulenzen in der EU-Währungsunion hat die Bundesregierung, wie ihr Sprecher Markus Lanz gestern in Berlin mitteilte, drastische Sparmaßnahmen beschlossen. Unter anderem werden sämtliche Planungen für Straßenbauvorhaben, für die keine Dringlichkeit der Stufe A festgelegt wurde, ab sofort eingestellt. Darunter fällt, wie der Küstenbote aus gut unterrichteten Kreisen in Berlin erfuhr, auch die in den letzten Jahren heftig umstrittene A 17. Ob das Aus für die Fernstraße endgültig ist oder ob die Planung unter besseren wirtschaftlichen Rahmenbedingungen eventuell wieder aufgenommen werden kann, ist unklar. Die Industrie- und Handelskammer äußerte sich schockiert und entsetzt über den, wie sie es ausdrückte, ‚schweren Schlag gegen die regionale Wirtschaft' (gm)."

Krimis aus dem Norden

im MCE-Verlag

Cäcilia Balandat
Wort Gottes

Im beschaulichen Jork im Alten Land ist die Welt eigentlich noch in Ordnung – ganz besonders die der Kirche. Doch die Idylle wird kräftig ins Wanken gebracht, als der Diakon und Jugendarbeiter Klaus Merz ermordet aufgefunden wird. Gefesselt und drapiert mit Sex-Utensilien. Ist Rache das Motiv, und falls ja, Rache wofür ...?

Paperback, 350 S., ISBN: 978-3-938097-21-2

Cäcilia Balandat
Verratenes Dorf

Das Alte Land bildet wieder die Kulisse: Diesmal geht es um die Erweiterungspläne eines großen Flugzeugherstellers, die die Region nachhaltig prägen und zu Protesten führen. Es geht um korrupte Menschen, insbesondere um einen korrupten Politiker, der nur seine eigenen Vorteile im Blick hat. Dieser wird brutal ermordet ...

Paperback, 315 S., ISBN: 978-3-938097-19-9

Cäcilia Balandat
Tatort Altes Land

Im Obsthof entdecken Rolf Mathies und Kurt Dammann – Obstbauern im Alten Land – die Tochter von Kurt blutüberströmt. Marlin überlebt den Überfall, bei dem sie mit Messerstichen traktiert worden ist. Der Angriff auf Marlin Dammann ist der Beginn einer Reihe von Anschlägen, die alle der Familie Dammann gelten ...

Paperback, 294 S., ISBN: 978-3-938097-15-1

www.mce-verlag.de

MCE KRIMI

Krimis aus dem Norden

im MCE-Verlag

Thomas B. Morgenstern

Der Milchkontrolleur

Am Anfang geschieht der Mord: Else Weber, eine Frau mit zweifelhaftem Ruf, wird mit durchschnittener Kehle in einem Graben in der Nähe ihres einsam gelegenen Hauses gefunden. Die Ruhe in dem kleinen Dorf zwischen Elbmarsch und Moor ist dahin. Hans-Georg Allmers, der als Milchkontrolleur auf den Höfen aus und ein geht, hilft bei den Ermittlungen. Schließlich gerät er sogar selbst in Verdacht und wird verhaftet. Am Ende kommt es zu einer dramatischen Polizeiaktion, es gibt weitere Tote . . .

Paperback, 208 S., ISBN: 3-938097-03-5

Der Milchkontrolleur von Thomas B. Morgenstern
als Hörbuch – gelesen von Peter Kühn

5 CDs (ungekürzte Fassung) 360 Minuten
ISBN: 978-3-938097-08-3

MCE HÖRBUCH